VAGUÉ
LIBRAIRIE DES ROMANS CHOISIS
94 — Avenue de la République — 94
PARIS

RENÉ D'ANJOU

Vagues d'Amour

LIBRAIRIE DES ROMANS CHOISIS
94, Avenue de la République, 94
PARIS

VAGUES D'AMOUR

PROLOGUE

I

Le rêveur dans la nuit

Jules Hallay décidément ne pouvait s'endormir. Le soir, on avait sablé gaîment le champagne entre amis et le cœur du vieux marin battait plus vif et plus chaud que de coutume. On avait ri, et même, au dessert, il y était allé de sa petite chanson, la voix toujours jeune et doucement caressante. C'était l'anniversaire de sa femme ; les voisins des villas de la côte étaient venus avec le maire du pays, et l'on s'était trouvé une vingtaine pour fêter la jolie Rosa dont l'entrain joyeux avait trouvé la riposte aux toasts et aux vœux.

— A toi ! ma Rose, la fleur de ma vie.

— Rose d'automne, ami !

— Qui, depuis trente années parfume mon jardin, bien plus rare que rose d'avril, donc bien plus appréciée, riposta Jules Hallay, souriant.

Autour de la table des applaudissements partirent en toute sincérité. C'était tellement vrai !

Mme Hallay, avec ses brillants yeux noirs, ses dents de nacre, ses cheveux bruns, n'avait aucunement l'aspect d'une aïeule, et lui, malgré sa moustache grise, restait robuste, droit, d'allure martiale.

Ils représentaient encore un beau couple d'amoureux que le mariage successif de leurs trois enfants avait rendus à l'ancienne solitude de leur lune de miel. Ils étaient ravis de se retrouver comme au début de leur union, moins les soucis de carrière et d'argent et, en plus, la sûreté de leur amour fidèle.

Jules Hallay, donc, était sorti sans bruit de sa chambre. Le vent avait soufflé en tempête toute la journée. La pluie n'avait cessé de tomber que vers le soir, heureusement pour ses invités. A présent, régnait un silence profond, troublé seulement par le murmure lointain des vagues traîtresses !... parfois, un vol lourd de chouette, un hululement de chat-huant, l'aboi court d'un chien ou d'une querelle de matous sur les murs.

— Quel temps bizarre, se disait-il, il fait à peine froid ! et pourtant nous sommes à la fin d'octobre !...

Ce disant, il leva les yeux et juste une étoile filante traversa l'horizon.

— Bon présage ! une nouvelle heureuse pour demain !...

La pensée du guetteur d'étoiles s'arrêta net à cet instant sur le chemin stellaire et s'accrocha plus bas, presque au ras des flots où réellement une chose insolite accourait. C'était une faible lumière scintillante de bas en haut et, de haut en bas suspendue, semblait-il, à une sphère sombre :

— Qu'est ceci ?... ma parole ! on dirait un ballon, à cette heure, un pauvre ballon perdu ! sans doute... D'où peut-il arriver ?... Ah ! le pauvre ! il est à bout de souffle ! va-t-il pouvoir toucher la côte ?...

— Jules, mais tu es fou !... ne peux-tu songer que la nuit est faite pour dormir ? Allons, rentre vite, au lieu de prendre froid !

C'était la voix effarée de Rosa qui appelait son mari.

Docile, il obéit.

Au fond du ciel, au nord-ouest, la brillante Véga venait de plonger sous l'horizon. Il était juste 3 heures du matin.

Au loin, dans une petite île, en face la côte, un ballon dégonflé, coiffant la nacelle, qui à chaque instant effleurait les vagues rondes, finit pourtant par arriver sur le sable. Le bruit sec d'une déchirure s'entendit, un petit bond souleva la pauvre loque puis ce fut l'arrêt définitif en grève.

II

Les Parisiens chasseurs

On était en Bretagne, à la Baule. Presque toutes les villas étaient fermées. Il ne restait plus que les promeneurs fidèles au poste et les fanatiques de la mer.

Pornichet et le Pouliguen offraient encore, en cette fin de saison, un peu d'animation, mais la Baule était déserte. Ses grandes voies étaient bordées de chalets déserts, le vent glapissait maître à travers les sapins, écho de la chanson des vagues. L'hôtel de la Plage gardait cependant quelques pensionnaires, entre autres la famille de Parisiens qui partaient par les beaux matins, en barque, à l'île des Evins, pour chasser, pêcher et respirer le grand air du large. C'était la famille Loustraye qui restait jusqu'à Noël. Aussi l'hôtesse et ses clients avaient-ils des égards réciproques les uns pour les autres.

— Monsieur de Loustraye, est-ce que vous allez ce matin à la chasse en mer ? Par ce froid !

— Sûrement, Madame notre hôtesse, sûrement. Allez-vous vous plaindre de mon approvisionnement, par hasard ?

Il riait, et la maîtresse de l'hôtel de la Plage aussi.

Il ajouta :

— Seulement, je n'emmènerai pas ma femme ; notre petite Charlotte a toussé toute la nuit et Joseph ne vaut guère mieux. Ces terribles enfants ne peuvent entendre raison. Ils s'échauffent et ensuite s'en vont au vent glacé. J'irai à l'îlot des Evins et je prendrai seulement mon fils aîné Albert. Il faut l'aguerrir, celui-là.

— Il veut toujours être marin ?

— Oui, ma chère dame, toujours, et je l'encourage dans cette voie, c'est la plus belle des carrières. Ah ! moi, si je n'étais pas marié et père de neuf enfants ! Je sais bien où je me balancerais à l'heure qu'il est.

— Sur les vagues.

— Oui, sur les vagues, j'adore la mer.

— ... de vos enfants, ajouta drôlement la maîtresse d'hôtel en s'en allant pour répondre au boucher qui apportait les provisions.

Le Parisien enfila un suroît de toile cirée, serré au poignets. Et comme Albert accourait, le père et le fils sortirent de l'hôtel, ouvrant ainsi la porte à une rafale qui éparpilla les journaux et dérangea les boucles grises de Mme l'hôtelière.

Les Parisiens trottèrent lestement jusqu'au port du Pouliguen et embarquèrent avec leur matelot, qu'Albert appelait Langouste parce qu'il avait de gros yeux à fleur de tête.

Ils montaient une barque pontée, gréée en sloop, bien d'aplomb à la lame et fine marcheuse. Ils l'appelaient Ricochette, attendu qu'elle sautait sur les vagues avec une grâce enchanteresse pour les estomacs solides.

— Allons, mousse, tiens l'écoute — dit le père qui s'assit au gouvernail, et laisse-la filer aux bordées, avec ce vent debout, nous avons un joli lacet à courir jusqu'à l'île.

Le matelot, gravement, mâchait sa chique.

La crête des lames frisant le plat bord envoyait de l'embrun aux navigateurs qui n'y prenaient nulle attention, tandis que la ...

cochette piquait du nez au creux des vagues, se relevait comme un cheval qui se cabre et replongeait craquant, roulant ses hanches, embarquant des paquets d'eau.

— Faut larguer la grand'voile, fit Langousté, gravement.

Il prit la corde des mains gourdes de l'enfant et, malgré la toile claquante qui le souffletait, il parvint à la rouler.

L'eau filait sous la barque, pleine de grands brins de goémon, elle était glauque ; des poulpes traversaient le sillage, noyés, déchirés et quelques mouettes rasaient l'écume.

— Ça moutonne ferme autour de la roche percée, papa, remarqua Albert, allons-y. Ce qu'on y danserait !

Le père sourit, fier de la bravoure de son fils, mais il mit le cap sur la côte ouest des Evins pour que le vent engrève la barque dans le sable mou. La marée était basse, donc le jusan renflouerait la Ricochette pour le départ.

— Vous ne ferez pas de bonne chasse aujourd'hui, patron, dit le matelot, y a du monde aux Evins, les oiseaux seront dérangés.

— Du monde par ce temps !

— Regardez, je vois toujours bien deux hommes, ils agitent des mouchoirs blancs comme des naufragés.

— Ma parole, c'est juste. Ah ! bien je suis joliment content d'être venu, riposta le Parisien. Tiens-toi solide, Albert, on va atterrir rudement.

Le spectacle que les arrivants avaient sous les yeux les cloua sur place, sans mot, puis tous les trois se découvrirent en se signant.

Sur une couverture posée à même le sable sec, un corps rigide était étendu, à ses pieds, calé par des pierres, un fanal allumé brûlait ; on avait disposé à hauteur de sa poitrine des coquillages roses en forme de croix, et, à genoux, les mains jointes, semblables à une statue de la Douleur, une jeune femme regardait fixement, le visage blême. Son manteau à demi arraché, son chapeau emporté sans doute à la mer, on voyait ses longs cheveux bruns voltiger dans tous les sens.

Sur la rive, la vague soulevait et abandonnait tour à tour, la pauvre loque qui avait voltigé dans les airs et gisait dégonflée, déchirée, envahie de goémons. La nacelle chavirée, roulée, dansait sur les flots.

Plus loin, un canot gisait, jeté sur le flanc la coque trouée et deux matelots contemplaient cette seconde épave d'un air navré.

— A la vue des arrivants, un des matelots se détacha du canot et vint au devant d'eux.

— Ah ! monsieur de Loustraye, Dieu soit loué !...

— Monsieur Kergarec, à votre service !

— Un accident, un terrible et funeste accident ! Nous étions venus au secours mais notre barque a accosté trop rudement. Nous avons touché. Elle n'est pas en état de transporter la victime. Votre bateau peut-il nous embarquer tous ? sinon, moi et mon matelot nous attendrons ici.

— Vous pouvez venir, répondit le Parisien, voyez, le vent mollit. Où voulez-vous aborder ?... Au Pouliguen ?

— Non, pouvez-vous nous déposer au vieux Pornichet ?...

— Certainement, monsieur.

Silencieusement les deux matelots enlevèrent le corps pour le coucher doucement au fond du sloop de M. de Loustraye.

Chacun se casa comme il put, respectant le silence et la douleur de la jeune femme, assise au fond du bateau près de son compagnon, à jamais endormi.

III

L'accident

La nouvelle de l'accident des navigateurs aériens se répandit de proche en proche, tout le long de la demi-lune formée par la baie des trois plages nantaises.

Paul Liguen, le marchand de langoustes la fit connaître jusqu'au Croisic ; « La Mouette », le journal de la Baule, commenta le fait.

Il raconta que deux jeunes époux, qui avaient voulu passer leur lune de miel auprès de l'autre, s'étaient perdus dans les nuages et avaient fini par dégringoler du ciel sur la terre, si rudement que le tourtereau avait trouvé la mort en tombant la tête la première, sur les rochers de l'île des Evins et que la tourterelle était heureusement quitte pour des contusions sans gravité.

Moins fantaisiste et non moins sombre était la réalité.

Elle fut connue dès le soir même.

Le voyageur s'appelait Sacha Karadec et sa compagne était sa jeune femme Yvonne Duchatel, une Parisienne.

Tous deux étaient orphelins mais, tous deux plus riches d'espoirs que d'argent avaient uni et associé leur vie avec la ferme intention de s'aimer et de travailler.

Et de fait, non seulement Yvonne était pour Sacha la camarade fidèle et dévouée mais aussi la collaboratrice de tous ses travaux.

Ingénieur astronome, élève de l'Observatoire de Paris, il avait été tout dernièrement chargé d'étudier au parc aéronautique de Meudon la vitesse des vents et l'intensité des courants aériens, à une hauteur de trois cents mètres. Il avait, pour ses expériences scientifiques, la libre disposition d'un ballon captif dans le parc même de la station. La nacelle renfermait tous les appareils enregistreurs, instruments et baromètres appropriés.

Depuis trois mois, il se livrait à ces recherches intéressantes et s'apprêtait à faire connaître ses conclusions dans un rapport sur lequel il comptait pour attirer l'attention sur lui, lorsqu'un soir, quelques jours avant le terme qu'il avait fixé pour la clôture de ses travaux, un cyclône se déchaîna sur la banlieue ouest parisienne.

Yvonne et Sacha se trouvaient justement au parc. Le jeune savant voulut profiter de la tempête pour procéder à des observations. Yvonne ne voulut pas le laisser monter seul. Pendant deux heures, ils se livrèrent dans les airs à leurs études scientifiques.

Au moment où ils étaient sur le point de téléphoner aux gardiens de tourner le treuil pour la descente, l'amarre cassa brusquement sous l'effort de la tempête et d'un bond immense, le ballon partit dans les airs.

Bien que tous deux se soient adonnés à l'art aérostatique, les jeunes gens néanmoins ne purent se rendre maîtres de l'aérostat. Une brume intense leur cacha la terre et ils voguèrent sans savoir où ils se dirigeaient.

Soudain, ils perçurent le bruit de la mer. Grand fut leur effroi de constater bientôt qu'ils planaient au large. Puis, un autre sujet de crainte vint les assaillir. Ils entendirent le gaz fuser à travers une déchirure. L'aérostat virevolta et se coucha presqu'horizontalement. En vain jetèrent-ils tout ce qui était à leur portée pour servir de lest, le ballon se mit à descendre, emporté vers la côte.

Auraient-ils le temps d'arriver ?... Ils baissaient toujours. Pour s'alléger, ils jetèrent tout ce qu'ils possédaient. Au moment où ils allaient toucher terre, la nacelle se retourna presque, ils durent se cramponner aux cordages. Dans ce mouvement, Sacha lâcha prise et vint s'abîmer contre les rochers où il se fractura le crâne, la mort fut instantanée.

Dans une villa de Pornichet, appartenant à la veuve d'un vieux marin, le père Lahoul, le capitaine au long cours Keradec qui y avait une chambre, chaque fois qu'il venait à terre, examinait lui aussi, ce soir-là, l'état du ciel qui, après la tempête commençait à se rasséréner peu à peu. Il aperçut la chute du ballon, mais au lieu d'aller se coucher, comme M. Hallay, il descendit sur la plage, réveilla un matelot de sa connaissance pour se porter dans une bar-

Elle éprouvait un immense besoin de repos (page 14).

que au secours des voyageurs qu'il soupçonnait devoir être dans la nacelle.

Le silence et l'obscurité à l'entour étaient complètes. Les deux matelots partirent. L'île des Evins marquait sa silhouette haussée en ombre. Pas un rayon de lune, des nuages. Seul, le phare de la grande côte indiquait le récif.

jeûner, à la villa Rosa, où elle habitait, choyée et aimée, elle dit à ses excellents amis et à son oncle :

— Voulez-vous me conseiller ; vous m'avez par vos inlassables bontés, donné le droit de compter encore plus sur vous.

— Expliquez toute votre pensée, toute, ma chère petite, fit Rosa très tendre ; en effet, nous sommes de véritables amis.

— Il y en a, je crois, peu comme vous ; la charité que vous avez exercé envers moi est trop rare, pour avoir jamais, en ce monde, le choc en retour. Mais je ne puis continuer à mettre ma vie en travers de la vôtre. Que dois-je faire ?

— Restez avec nous, mon enfant, riposta Jules Hallay. La villa est assez grande, notre cœur aussi, pour admettre un enfant de plus.

— Non. Ce ne serait ni digne, ni juste. Mon chemin a croisé le vôtre ; à présent, il doit s'éloigner. Acceptez mon idée, elle est irrémissible, mais donnez-moi un avis.

— Si je ne devais pas naviguer, fit Nazaire Kergarec, je te dirais : ma nièce, reste avec moi ; la mère de celui que tu pleures était ma sœur. Mais je n'ai d'autre maison que mon bateau, d'autre fortune que ma solde de Capitaine au long cours.

La compagnie de voiliers, qui m'emploie depuis plus de vingt ans, me donnera une retraite. A ce moment, si tu veux ou plutôt si les événements veulent, viens retrouver ton vieux marsouin d'oncle, le peu qu'il aura sera pour toi.

Yvonne regarda le marin avec une infinie reconnaissance :

— Je me souviendrai, oncle Nazaire, et comme vous le dites, si la destinée me laisse libre, j'irai vers vous.

— En attendant, tu vas rester à la villa Ker-Loïc, chez la mère Lahoul, moi, il faut que je reprenne ma vie errante. La mère Lahoul te soignera comme elle soignerait sa fille. Le prix du chalet est payé jusqu'au printemps, tu n'a donc pas à t'en occuper. D'ailleurs, c'est l'avis du médecin, le docteur Sandro.

— Oh ! du moment que le docteur a parlé, dit Mme Rosa, il faut l'écouter. Il est si bon, si humain, notre docteur !

— Et lorsque tu seras tout à fait rétablie, conclut le capitaine, il sera temps alors de gagner ton pain par le travail.

— Je ne désire rien de plus, je ne sais pas grand'chose, de productif, tous les sports et tenir une plume.

— Eh bien, reprit Rosa, la voilà la solution cherchée. Votre père, ma chère Yvonne, était un écrivain, il aimait l'être. Entrez dans un journal, vous y trouverez ce qu'il vous faut : distraction et profit.

— Oui, accepta Yvonne, oui, si on veut de moi !...

Quelques jours après cette conversation, M. et Mme Hallay furent obligés de partir pour le Portugal où des intérêts financiers les appelaient. L'oncle Keradec reprit la mer.

Fin du Prologue

I

Le docteur Sandro et le gars Loïc

Après avoir embrassé sa nièce et ses amis au seuil du départ, Yvonne rentra seule au chalet de la mère Lahoul.

La pauvre Yvonne s'en revenait, le cœur bien triste ; elle marchait à pas lents malgré la bise glacée qui plaquait sa robe contre ses jambes comme les voiles le long des mâts.

Les hirondelles de mer lançaient leur cri strident en écrêtant les vagues de leurs ailes.

— Elles ne sont donc pas enfuies, songeait la promeneuse et, machinalement, elle les suivait des yeux.

Comme leur vol était capricieux et bizarre, elles revenaient au bord de l'eau et, soudain, elles semblaient se poser en l'air, les ailes fermées comme au repos. Seulement, où était donc le perchoir ? Sur la grève déserte, nue, il n'y avait pas trace d'une chose quelconque pouvant servir de bases à leurs petites pattes.

Yvonne, intéressée, s'approcha davantage ; les oiselles s'envolèrent et la jeune femme, stupéfaite, aperçut des pas sur le sable que venait d'aplanir la mer en se retirant ; ces pas se traçaient comme si un homme avait marché, mais aucun homme n'était visible et, pourtant, le soleil pâle projetait une ombre qui suivait les pas, allongée obliquement comme un reflet d'être humain.

Yvonne n'était pas craintive et pourtant elle sentit une impression de froid le long de son dos et s'arrêta net, les jambes flageolantes.

Etait-ce l'ombre de son mari ? Etait-ce son fantôme ? Alors, au lieu de fuir, il serait venu à elle. Et puis, cette ombre était démesurément longue ; elle semblait un bloc comme si le personnage qui la provoquait eût été enveloppé d'un suaire.

Yvonne frissonna, tendit les bras, suppliante :

— Sacha ! mon Sacha !

L'ombre continua sa route et les pas se perdirent sur le sable sec que balayait le vent.

Les oiselettes suivaient l'ombre.

La jeune femme hâta son retour vers le chalet.

Il était désert. La mère Lahoul était sans doute sortie pour aller aux provisions.

Ce fut pour l'arrivante une pénible impression. De plus, l'isolement était complet. Les quatre pièces du rez-de-chaussée, vides. Dans la cuisine, un peu de feu marquait une présence d'être vivant, le couvert mis sur la table annonçait une attente également.

La salle à manger était fermée ; les fenêtres donnaient sur la mer ainsi que celle de la chambre à coucher et, à l'heure actuelle, les deux femmes s'abritaient du côté de la plage, n'ouvrant rien que la cuisine et la petite pièce où la gardienne avait installé le lit d'Yvonne et dont les croisées regardaient le jardinet.

Elle s'assit près du fourneau, glacée, laissant, comme elle l'avait trouvée, la porte grande ouverte.

Elle voyait par là le ciel rouge du couchant et une haute silhouette se dessina tout à-coup dans l'encadrement de l'entrée.

Effrayée d'avance, Yvonne poussa un cri.

Mais une voix, qu'elle connaissait, s'excusa tout de suite.

— Pardon, Madame, je vous ai surprise.

— Le docteur Sandro !

— Oui, je venais prendre de vos nouvelles ; je voulais aussi vous rappeler ma sympathie... Madame, nul plus que moi n'a pris part à vos peines.

— Merci, docteur, j'ai si peu d'amis !

— S'ils en valent un grand nombre ! Je vous ai su bien isolée, en effet, et je suis venu vous dire : Comptez sur moi, Madame, et disposez de mon temps ; si je puis vous rendre quelques services, j'en serai bien heureux.

— Je ne pense pas en abuser, docteur ; je serai, je le crois, peu de jours ici.

— Pourquoi ? Voulez-vous permettre un conseil au médecin, je n'ose dire à l'ami...

Elle sourit faiblement, montra une chaise.

Il s'assit, très simple, près de ce fourneau où chantait une bouilloire :

— Il faudrait vous reposer au bon air d'ici. Vous avez beaucoup souffert, vous seriez aisément conquise par la neurasthénie malgré votre volonté si énergique. Aucun climat n'est aussi parfait que celui de Bretagne pour retremper une âme.

— Oui... j'aimerais assez demeurer là... auprès de mon bien-aimé disparu... mais, je ne puis m'abandonner à ce mélancolique charme.

— Si c'est une ordonnance du docteur ?

— Même dans ce cas. Très franchement, voici la vérité : il faut que je gagne mon pain quotidien.

— Bah ! Le pain, c'est peu : ici, la vie est facile en cette saison. Ce chalet...

— Est payé jusqu'au printemps.

— Alors... je vous en prie, comptez un peu sur moi... oh ! ne vous froissez pas, madame ; mes amis Hallay, en partant, vous ont confiée à moi ; je sais tout ce qui vous concerne.

— Il est donc inutile que je m'explique.

— Presque... restez ici trois mois, à ne rien faire... absolument rien. Après, vous aurez reconquis des nerfs solides et vous pourrez de nouveau affronter la lutte.

Il parlait avec une douceur ferme ; il la regardait bien en face, de ses yeux observateurs de praticien ; il se leva et, tendant sa main d'un geste cordial, il dit :

— Au revoir, réfléchissez à mon avis et permettez-moi de venir quelquefois constater les progrès de mon ordonnance. Marchez au grand air, pensez le moins possible et soyez certaine que vous avez ici, sur cette côte où le hasard vous a jetée, un ami bien dévoué.

Il sortit sur ces mots, laissant Yvonne pensive.

La mère Lahoul agissait toujours maternellement ; elle réglait toutes choses et aimait vraiment cette pauvre enfant que de si singuliers événements avaient poussée dans ses bras.

Pendant leur petit souper modeste, elle dit :

— Comme je rentrais, j'ai rencontré le docteur Sandro. En voilà un brave homme ! Il semblait sortir de chez nous.

— Oui, il est entré un moment. Je lui dois beaucoup d'argent, je crois...

— A lui ?... il ne demande qu'aux riches ! Dors en paix, ma fille. Ça me surprendrait bien qu'il réclamât le prix de ses soins. A Pornichet, tout le monde le connaît. L'été, il fait payer les baigneurs qui viennent s'amuser le long de nos côtes, mais pas de danger qu'il envoie une note à ceux d'ici qu'ont guère de galette.

— N'empêche, tout de même, que j'aimerais le rétribuer. J'ai encore un peu d'argent ?

— Pas lourd... Avec les frais d'église, de cimetière. C'est moi qui ai la bourse, tu sais.

Yvonne mit sa main douce sur le bras de la vieille femme, comme pour une caresse :

— Alors, que reste-t-il ? dit-elle, tendrement.

— Mille francs tout ronds.

— Tant que cela ! mais alors, je peux rester l'hiver, paisible ici.

— J'y compte, ma fille ; notre petite vie n'est pas chère, je partage la dépense entre nous deux et puis, en somme, comme la maison ne serait pas habitée sans toi... j'ai remis dans ton magot le prix du loyer.

— Oh ! non, mère Lahoul, je ne peux pas accepter cela. Déjà vous avez toute la peine avec moi.

Mais toi, je suis une vieille solitaire, ça me fait du bien d'avoir une compagnie.

Des larmes d'émotion montaient aux yeux d'Yvonne : elle se dit : quel brave cœur ! Et voilà pourtant la classe sociale que... [illegible] ... Comment ne pas la froisser, à présent ? Alors une idée lui vint. Elle décrocha sa montre d'or et la [illegible] col de la vieille.

— Ma bonne Nichette, vous allez garder celà, vous ne refuserez pas de me faire ce plaisir. Vous savez que j'ai une autre montre, celle de mon pauvre Sacha. — Je veux bien accepter [illegible] votre hospitalité, accepter ce souvenir, et prenez sur ma [illegible] que nous dépensons pour notre petit ménage. [illegible]

Nichette souriait : elle regardait l'heure obstinément pour ne pas montrer son émotion : elle finit par mettre sous son corsage le bijou, [illegible] trouva ce remerciement qui montrait toute sa tendresse :

— Je voudrais que mon Loïc ait une femme comme toi !

Yvonne changea la conversation qui tournait aux larmes : elle se [illegible]. Il lui fallait s'adapter à l'ambiance, son existence était un drame aux actes différents. La [illegible]

[illegible]

[illegible]

— Veux-tu que je te lise sa dernière lettre, je l'ai dans ma poche. Je garde comme ça toujours sur moi son mot d'écrit et, quand il en arrive un autre, je place l'avant-dernier dans la boîte où se trouvent déjà les lettres d'amour [illegible].

[illegible] Nichette dit à Yvonne doucement [illegible]

[illegible] était du Brésil.

[illegible]

[illegible]

On nageait vers la France, on revenait chez nous. [illegible]

[illegible]

« Ah ! maman, faut pas dire ce qui n'est pas, mais pour sûr que je ne suis allé autre part que sur la terre. Choyé, soigné, dorloté comme si que j'aurais été le fils du roi. Quoi qu'y me font, les médecins — car y en avait pas qu'un, pour sûr — je sais encore pas, car y m'ont défendu d'ôter le bandeau avant deux mois et je t'écris avec celui d'œil que j'ai de naissance. Pour l'autre, paraît qu'il est tout pareil. Sais-tu où qu'ils l'ont pris ? Ah ! je te le donnerais en mille... Sur un petit chien ! Oui, ma pauvre maman, ton gars il a un yeux de chien ! Ils disent comme ça que c'est une greffe et que je verrais tout pareil qu'avant.

« Le fait est que j'ai plus rien mal. J'ai repris le bateau où qu'y m'ont remis et, à présent, je rapplique en France par le premier bâtiment.

« Quand je leur ai demandé si fallait abouler ma pauvre galette, ils ont ri et m'ont dit : Ta galette, mon gars, t'es bon pour la bouffer tout seul ; on a fait sur toi une belle expérience, on a réussi, c'est nous qui te devons de la reconnaissance.

« — Qui vous êtes au moins, que je dis ; car faudrait voir à ce que je vous enverrais des clients.

« — On est des savants, qu'y m'ont dit, t'occupe pas de nous, suis ta route et Dieu t'assiste. Va.

« Et me voilà réparé. Ce que je me réjouis de t'embrasser, ma vieille maman, ce que je t'aime, je compte les jours pour te retrouver.

Ton gars : Loïc »

La mère Lahoul se tut. Yvonne écoutait, pensive. Elle dit :

— C'est bien singulier, cette histoire.

— N'est-ce pas ? Mais il est guéri, c'est tout ce que je veux. Je m'attends à le voir pour le jour de l'an, quand le « Navare » va rentrer de Vera-Cruz. Non, ce que je serai fière de te le montrer, mon gars !

— Je serai bien contente de le connaître, moi aussi.

La mère Lahoul se leva. Il fallait remettre en ordre, après le souper. Comme d'habitude, Yvonne aida sa compagne aux humbles soins du ménage, puis, comme deux voisines venaient avec leur tricot dans la poche de leur tablier pour veiller un moment, Yvonne se retira dans sa chambre.

Elle aimait à penser en paix ; seule, des fois, elle rebâtissait sa vie, l'arrangeait autre ; grâce à l'immense ressource de l'imagination, que d'heures noires se transforment.

II

L'intimité

Yvonne éprouvait un sentiment de quiétude à l'idée de rester un peu tranquille sur cette côte que l'hiver faisait déserte. Elle éprouvait un immense besoin de repos. Elle avait vraiment vécu trop vite ces derniers temps ; son âme était comme essouflée ; sa pensée surmenée, allait pouvoir se détendre.

L'air gris, l'eau grise, les nuages gris mettaient du calme en elle ; c'était l'apaisement d'une nuance terne.

Elle avait subi de telles violences, de tels chocs nerveux, qu'il fallait à sa nature la réaction.

Alors elle s'amollissait, inactive, restant des heures à regarder les vagues s'élever en gros dos, accourir, se franger de blanc à leur sommet, puis se briser en fracas écumeux et venir mourir au bord, abandonnant des moules, des coques, des goémons.

Quand le vent faisait rage, elle enfonçait son béret jusqu'aux yeux, se plantait solidement en face et se laissait bousculer par la rafale, essayant de ne pas fléchir.

Elle rentrait brisée, glacée, les yeux rouges, les lèvres salées et éprouvait alors un grand bien-être à se mettre près du fourneau où mijotait le souper et à regarder la bonne vieille tête de la brave femme qui l'avait recueillie. Elle lui prenait les mains des fois brusquement, pour sentir leur chaleur, pour avoir la joie d'un geste de tendresse et elle disait pour s'entendre dire ces mots si doux :

— Je vous aime...

Nichette bougonnait, ravie :

— Tu me fais échapper les points de mes aiguilles, grande gosse, et mes bas auront des trous.

— Apprenez-moi à tricoter comme vous, maman Lahoul.

La Bretonne haussait les épaules :

— T'apprendre à tricoter, à conduire un bas ! ma fille, on apprend ça de jeunesse ; à présent, c'est un goût passé de mode. Les demoiselles font de la dentelle. Et puis, tiens, j'aime mieux te voir à rien faire avec tes pattes trop blanches, tes yeux trop grands entourés de noir. Le docteur Sandro m'a dit que tu devais vivre comme notre chatte qui dort en rond sur son coussin, se promène et lappe son lait.

— Comme elle est heureuse, notre chatte ! elle ne pense pas.

— Elle ne pense pas ! Elle en sait plus que nous va, elle connaît le temps qu'il va faire ; regarde ! la voilà qui se tourne le dos au feu, il neigera sous trois jours. Elle sait les heures sans horloge, elle se balade sur les toits et au sommet des grands sapins, elle ne fait jamais que ce qui lui plaît, celle-là ! Et puis, tu sais, elle voit des choses... que nous ignorons, nous. Elle a ses amis et ses antipathies. Quand Nestor Brisemiche entre, elle tire les griffes et lance des imprécations. Quand le docteur Sandro arrive, elle va se frôler contre ses jambes avec de doux miaou...

— Vous aimez le docteur Sandro, mère Lahoul, vous en parlez avec plaisir.

— Sûr que je l'aime bien, il s'ingénie à rendre service ; un jour que je ramassais des berniques avec mon couteau, près du rocher où est amarré le canot de sauvetage au Pouliguen, je m'enfonce mon couteau dans le pouce, si profondément que, ma foi, je tournais de l'œil. Tout à coup, il surgit près de moi, me prend le poignet, appuie son doigt sur le pouls, me regarde dans les yeux et dit :

— « Ça va très bien, une petite saignée vous était utile ; dans cinq minutes, ce sera fini et vous allez rentrer chez vous sans la moindre fatigue ».

Eh bien, ma fille, tout ce qu'il a dit a été vrai. Au bout de cinq minutes le voilà disparu comme il était venu. Je me suis demandé si on l'avait escamoté !

— Il est un peu étrange, n'est-ce pas ?

— Un peu, oui, mais pas pour le mal, bien sûr. Il y en a qui disent qu'il est sorcier...

— Ah ! fit Yvonne, amusée, racontez-moi ses sortilèges.

— Faudrait que t'ailles le voir dans sa maison. Tu ne saurais imaginer pareille merveille.

— Alors, il est très riche ?

— Je le pense.

— Il est étranger, il n'a pas le type breton.

— M'est avis qu'il est d'Italie ou d'Espagne. En tous cas, d'une famille de corsaires à ce qu'il dit. A preuve, sa maison est faite comme un bateau avec un grand mât dans la cour et des vergues où perchent les oiseaux. Les oiseaux ! il y en a là de toutes sortes, je ne sais pas d'où ils viennent, mais ils se rassemblent sur le mât de perroquet de son jardin, ils viennent sur lui quand il les appelle ; il leur parle.

— Comme saint François d'Assise...

— Il a des poissons dans de grands aquariums.

— Il les appelle et il leur parle, interrompt Yvonne en souriant.

— Ris pas. C'est vrai. Les poissons viennent contre ses mains quand il les met dans l'eau, ils se laissent prendre par lui.
— C'est un charmeur, un psyll.
— Un quoi...

Yvonne transplantée, ballotée... (page 21).

— Une espèce de fakir ? Dans l'Inde, pays des mystères, il y a des hommes qui charment les serpents, les caressent, les font venir à leur voix.
— C'est donc ainsi qu'au Paradis terrestre. Mais lui, il ne songe pas aux serpents. Ah ! et puis, quel beau jardin il a, des fleurs

ma fille ! des fleurs comme jamais personne n'en a eu. J'ai demandé des graines, il m'en a donné, mais pas de danger qu'elles poussent dans mes carrés !

— Il est magicien, fit Yvonne, rêveuse ; il est peut-être... « Jettatore » dans le sens inverse du mal bien entendu ! Oui, j'aimerais à me rendre chez lui par curiosité ; seulement...

— Quoi ?... t'as peur.

— Un peu...

Un silence tomba entre les deux femmes ; la vieille alluma la lampe et se mit à délayer des galettes de blé noir pour le déjeuner du lendemain.

Yvonne aussi se leva, c'était l'heure presque nocturne, l'heure des loups, comme disait Nichette, le vent était tombé avec le jour et la jeune femme, mélancolique, s'en alla regarder au dehors sur la route déserte où sa vision se perdait dans les lointains sombres.

Là-bas, sur la route d'Escoublac, enveloppée de nuit, se dressait la villa mystérieuse du « magicien ».

Yvonne se retourna du côté de la mer encore vaguement éclairée, avec le phare lointain comme une étoile.

C'était la marée basse, on n'entendait plus le bruit des flots ; la chanson des sapins que ne secouait plus la brise se taisait aussi, et c'était une impression grave de silence solitaire.

Presque inconsciente, la jeune femme allait dans la paix du soir.

III

Les rayons désassimilateurs

Au devant d'elle, venaient, rapides et agitées, des lumières rouges, en même temps que des voix et des rires ; elle s'effaça vite et toute une bande de cyclistes passa à toute allure. Elle les regardait fuir et ne s'aperçut qu'au choc, qu'un dernier coureur qui venait de la heurter, roulait à terre.

Deux exclamations jaillirent ensemble.

— Vous avez du mal !

— Non... répondirent les deux voix.

— Pardon, ajouta le cycliste en se relevant, sa lanterne vénitienne écrasée et éteinte. Je voulais rejoindre mes parents, je ne vous ai pas aperçue Madame, et là-bas ils fuient sans se douter que je ne suis plus dans la bande.

En parlant, le cycliste essayait de remonter sur sa selle ; mais, tout endolori, il y parvenait mal.

Yvonne soutint le guidon, complaisante.

Au même instant, il se produisit une chose bien étrange.

Un long rayon vert d'eau se promena autour des jeunes gens, effleurant les bois, puis il s'arrêta sur la petite machine de fer qu'il baigna de ses ondes.

— Madame Kéradec ! fit le cycliste en saluant profondément ; je suis désolé, Madame ; la première fois que j'ai l'honneur de vous rencontrer après... après.

A cette lueur singulière, les deux interlocuteurs se reconnurent :

— Monsieur Albert de Loustrayc.

— Après l'immense service que monsieur votre père m'a rendu en ramenant à terre les infortunés naufragés que nous étions. J'aurais dû me présenter chez vous, Monsieur, exprimer ma reconnaissance. Mais, après tant de malheurs, il m'est resté si peu de courage ! Voudrez-vous m'excuser auprès de votre famille ?

— C'est bien à moi de vous prier d'excuser ma maladresse, Madame, je me voyais en retard, j'allais trop vite pour rattraper les miens et je ne vous ai pas aperçue.

— Il m'a semblé que vous étiez nombreux.

— Nous le sommes toujours. Il y avait père et maman, puis les six garçons mes frères.

— Six garçons et vous, cela fait sept. Quelle belle famille !

— Oui, on se plaît à le dire. J'ai encore deux sœurs en plus.

— Mes compliments à tous.

— Je n'y manquerai pas, Madame ; à présent, je ne les rejoindrai qu'à l'hôtel ; ils ne se sont pas aperçus que je manquais dans le nombre. Adieu, Madame, et encore pardon... Ah !

Le rayon vert venait de fuir et l'obscurité profonde enveloppait les causeurs à présent.

— Comment vais-je pouvoir rouler sans lanterne ? fit Albert. Madame, est-ce que vous tenez ma bicyclette ?

— Non, j'avais pourtant le guidon dans la main... Ah ! que se passe-t-il, Monsieur, j'ai maintenant la poignée de cuir toute molle entre les doigts, le guidon a disparu...

— Et voici la selle par terre, avec les enveloppes de caoutchouc ! plus de roues, plus de cadre ! Oh ! Madame ! Quelle sorcellerie !

— Serait-ce ce rayon qui passa...

Albert s'était baissé et, de ses mains tremblantes, cherchait sur le sol quelques débris... rien, il prenait un peu de poudre de fer mêlée au sable de la route.

— Alors, je n'ai plus de bicyclette !

Cette exclamation, partie du cœur de l'enfant, causa une vraie peine à Yvonne ; elle expliqua, consolante :

— Venez chez moi, c'est tout près. Nous prendrons une lanterne et...

— Voilà, j'ai grand'peine à marcher, j'ai dû me fouler la cheville.

— Appuyez-vous sur moi, rentrons.

Profondément émus, ils allèrent.

La nuit était complète, ni clair de lune, ni étoiles, ni brume sur la mer.

— Ma foi, le rayon destructeur devrait bien nous éclairer, au moins, remarqua Yvonne ; je pense que nous sommes le jouet d'une mystification...

— Non, Madame, dit gravement le jeune homme qui essayait de marcher à cloche-pied, c'est une chose diabolique ; remarquez que seules, les parties métalliques de la machine sont tombées en poussière ; le cuir, le caoutchouc sont intacts.

— Nous avons fort mal vu ; au jour, sûrement nous comprendrons cette bizarre aventure ; tenez, voici la barrière de notre jardin ; entrez, je vais appeler la mère Lahoul pour qu'elle nous éclaire ; il y a cinq marches au perron.

— Oh ! je connais les aîtres du logis, j'ai souvent passé devant Ker-Loïc monté sur Zéphir... hélas ! mon pauvre Zéphir n'est plus.

— Zéphir ?

— Oui, ma bicyclette. Il y en a onze chez nous et nous les avons toutes baptisées pour les reconnaître. Elles ont leur nom écrit sur le cadre. Que va dire papa ?

— Entrez toujours, je regarderai votre pied et nous verrons s'il faut appeler le docteur Sandro.

Albert protesta :

— Oh ! non, ce n'est rien ; si seulement j'avais une autre bicyclette, je rentrerais. Maman s'inquiétera...

En haut des marches, la mère Lahoul, sa lampe à la main, apparaissait, surprise.

— Nichette, dit Yvonne, je ramène encore un blessé !

— C'est une gageure alors ! Tiens, c'est le jeune Monsieur de l'hôtel de la plage ! Que vous est-il arrivé, monsieur ? Soyez le bienvenu, en tous cas.

Albert, appuyé sur le bras d'Yvonne, était parvenu dans l'intérieur de la maison et alors sa jolie figure d'adolescent apparut bouleversée. Yvonne aussi était pâle. La Bretonne les regardait, inquiète.

Elle posa la lampe sur la table, leur avança des chaises, mais la jeune femme s'agenouillant par terre voulut examiner la cheville du blessé.

Celui-ci tremblait, les nerfs secoués d'une commotion peu en rapport avec sa chute si peu dangereuse. Yvonne se releva :

— Ce n'est rien, dit-elle, il n'y a pas d'entorse ! une simple foulure, mais il faudra passer la nuit ici et vous étendre sur le canapé du salon. N'est-ce pas, Nichette, vous voulez bien ?

— Moi, bien sûr que je veux et je ferai le souper pour nous trois encore.

— Oh ! Madame, et l'inquiétude des miens. Il faut absolument les prévenir, insita le pauvre invalide.

Du dehors venait le bruit d'une clochette au son argentin.

Nichette courut à la porte, appela : Qui passe ?

Aucune réponse ne vint, mais les trois habitants de Ker-Loïc virent avec stupeur une bicyclette qui avait une lanterne attachée au guidon, s'avancer toute seule à travers le jardin, venir se poser devant le perron et s'accoter à la rampe de pierre.

— Pour sûr, nous sommes en pleine magie, murmura Yvonne.

Albert, figé sur sa chaise, les yeux agrandis d'épouvante, n'osait pas un seul mouvement.

La mère Lahoul fit un grand signe de croix !

Doucement la barrière du jardin se refermait sans aide et sur la route on percevait, s'éloignant, le bruit d'un pas pressé.

IV

Les voyages nocturnes

Yvonne se reprit la première :

— Nous avons été victimes d'une hallucination, expliqua-t-elle ; quelqu'un est venu nous amener une bicyclette. Qui ? Je l'ignore, mais à coup sûr une bonne âme.

— Ou le diable, dit Albert.

Nichette haussa les épaules :

— Je vais aller voir de près ce qu'est une bicyclette forgée par Pluton, reprit Yvonne très brave.

Elle sortit, enleva prestement l'objet et l'introduisit dans le vestibule.

— Elle n'a rien de diabolique, remarqua Nichette, elle est plutôt jolie. Pas de nom, pas de marque. Voulez-vous la monter, Monsieur ?

Albert hésita, alors Yvonne, obligeante, offrit :

— C'est moi qui vais enfourcher ce véhicule magique et j'irai ainsi aviser votre famille, Monsieur ; je serai bien contente de vous rendre ce petit service en retour du si grand secours que je vous dois.

— Je ne peux pas supporter cela, Madame, protesta Albert, vous vous exposez seule... la nuit.

— Soit, la nuit, mais il est six heures du soir ; et puis, croyez-moi, jeune homme, je ne redoute rien. J'ai passé par trop d'événements tragiques, je tiens trop peu à l'existence... pour qu'il m'arrive le moindre mal. Soyez sans crainte, je serai peu de temps ; la route est bonne, pas encombrée à cette heure ; je risque de ne rencontrer âme qui vive. Attendez-moi tous les deux avec patience.

Sans écouter leurs protestations, la brave créature descendit le perron avec la machine qui sautait les marches, très docile ; elle traversa le jardin et se mit en selle lestement.

— Bah ! se dit-elle, c'est une bicyclette d'homme, mais dans la nuit, qui le verra ?...

Très agile, très souple, elle allait sur un roulement exquis :

— Bravo ! Pluton, dit-elle avec un reflet de son ancienne gaieté, la fabrication est digne des dieux !

Elle roulait entre la bordure sombre du « bois d'amour » où le passage rapide de sa lanterne mettait aux sapins une clarté fugitive. Sans aucune crainte, cette promenade nocturne lui plaisait en pleine solitude, en pleine liberté..!

Cette paix profonde dura peu, derrière elle la corne menue d'un autre cycliste la surprit, elle se retourna, un homme l'abordait :

— Où courez-vous si tard, Madame ? dit une voix bien connue ; nos routes de Bretagne sont très sûres, mais vous n'avez donc pas peur des Korrigans...

Yvonne sourit :

— Les Korrigans restent en leur grotte, là-bas, à la pointe de la grande côte, docteur Sandro ; vous allez sans doute au secours de quelque malade...

— Je vais au Pouliguen et non pour un malade, mais pour dîner chez mon confrère. Voulez-vous me permettre de vous tenir compagnie, ou de vous éviter une course si le but poursuivi peut être atteint par moi ?

— Oh ! mais, très bien, docteur ; en effet, je vais rebrousser chemin et vous entrerez en passant à l'hôtel de la Plage pour avertir M. de Loustraye que son fils est chez moi à la suite d'une chute, nullement grave d'ailleurs...

— Je ferai votre commission avec grand plaisir ; si mes soins étaient nécessaires au jeune homme, je retournerais à l'instant.

— Je ne le pense pas. Il a eu plus peur que mal. Si vous saviez docteur, comme il nous est arrivé une chose singulière...

— Ah ! vraiment, quoi donc ?

— C'est un grand rayon vert qui a détruit la bicyclette du jeune homme, une projection de l'enfer, dirait-on.

— De l'enfer ? peut-être bien, si notre séjour terrestre est considéré comme un lieu de torture ; mais je pense, chère Madame, que vous ne croyez pas de telles sornettes.

— Je ne crois pas, non, seulement, je ne comprends pas.

— Comprendre ! la nature est pleine de mystères, madame. Si nous les devinions, nous serions des dieux ! mais il y en a cependant à notre portée que nous négligeons de connaître et ce que vous qualifier de fantastique est sans doute fort naturel. Le rayon vert devait être un rayon chimique désassimilateur, une découverte de Rœntgen.

— Je connais les rayons de pénétration de Rœntgen, les rayons X.

— Oui, mais il trouva aussi les rayons C P, qui détruisent la force magnétique des agglomérés, divisent les molécules, les métaux et par conséquent les réduisent en poudre.

— Eh bien, c'est toujours de la magie, docteur.

— De la science, pardon. Ah ! il y a bien d'autres découvertes auxquelles, si cela vous plaît, je vous initierai.

— Cela me plaira... si j'avais le temps. En attendant, docteur, je vais vous laisser filer et je rentrerai chez moi puisque vous passez si près de l'hôtel de la plage.

— Entendu, Madame, ne roulez pas trop vite, n'est-ce pas ? on voit si mal ce soir, surtout tournez avec précaution.

— Bonsoir, docteur.

Yvonne opéra un beau virage sur la route étroite et, sans se conformer au conseil prudent, elle arriva à toute allure au chalet.

— Déjà, exclama Nichette.

— J'ai rencontré le docteur Sandro et l'ai chargé de la commission ; il se rendait justement au Pouliguen.

— Tant mieux, nous allons donc souper, si tu veux, ma fille.

Albert était installé sur le canapé du salon ; en l'honneur de son hôte, la mère Lahoul préparait le couvert dans la salle à manger ; elle avait été au fruitier chercher des pommes et des noix, et, au souper modeste, avait adjoint le rôti destiné au dîner du lendemain, puis elle alla chercher à la cave deux bouteilles de cidre bien frais.

Quand tout fut prêt, cuit à point, les trois convives se mirent à table. Albert de Loustray avait un appétit d'adolescent que n'avait pas troublé l'épouvante ; Nichette était très fière de sa réception im-

provisée et Yvonne, toujours assimilable à l'ambiance, s'abandonnait au courant de l'heure, avec parfois un retour de pensées vers
l'homme étrange qui courait dans la nuit, sur la route déserte, là-
bas.

V

Le souper improvisé

Le jeune de Loustraye, rassuré maintenant, tout fier d'être traité
comme un hôte d'importance malgré ses quatorze ans, se laissait
vivre, gâter et parlait d'abondance.

Yvonne avait expliqué le fameux rayon vert et tous les trois cher-
chaient en vain de quel projecteur il avait bien pu émaner.

— De la lune, disait sérieusement Nichette.

— D'un navire en mer, disait Albert.

— De la villa du magicien, conclut Yvonne. Il m'a offert de me
révéler des mystères. Je vais accepter.

— Oh ! Madame, vous me les direz, supplia l'enfant. Je vous
en prie, laissez-moi venir quelquefois avec vous quand vous errez
sur la grève et escaladez les rochers. Je vous ai vue souvent de la
terrasse de l'hôtel.

Yvonne se tut. Sa chère solitude troublée, non, ce n'était pas
admissible : le jeune garçon était bien gentil mais une causerie
avec lui dérangerait sa pensée. Elle sourit.

— J'irai d'abord visiter madame votre mère et remercier M. de
Loustraye. Restez-vous longtemps à la côte ?

— Oui, encore longtemps. Notre séjour ici est très économique ; à
Paris, c'est plutôt compliqué de vivre, les onze que nous sommes,
sans compter les serviteurs et de nous loger partout. Oh ! ce n'est
ici, à part maman qui aimerait le monde ; nous, les gosses, on
s'amuse.

— Mais votre instruction, observa Yvonne.

— Père s'en charge. Moi, je serai marin, je m'aguerris ; mes frères feront comme moi ou seront soldats. Quant aux filles, elles
auront une dot, parce que nous, les garçons, c'est réglé, on se
tirera des pattes.

— Et c'est très juste, sanctionna gravement la mère Cahoui
qui trouvait naturel de se mêler à la conversation puisqu'on parlait
de maîtresse de maison à moi. J'ai un gars qui est parti sans un
sou, aujourd'hui il est dans son déficit.

— Vous avez bien raison d'en être fière, approuva Yvonne. À quel
âge s'est-il embarqué ?

— Il n'avait seulement pas quinze ans.

— Moi aussi, je naviguerai l'année prochaine, s'écria Albert avec
entrain. Je n'irai pas au Borda parce que... c'est un peu cher,
mais je m'engagerai si père n'obtient pour moi aucune bourse.

— Brave petit, fit Yvonne intéressée.

— Oui, n'est-ce pas, Raymond, mon cadet, pousse ; il prendra ma
place, moi je gagnerai de l'argent pour leur envoyer tant que je
pourrai. Maman dit souvent qu'elle aimerait à avoir un peu d'argent
de poche pour contenter le demi-quart d'une fantaisie.

Ils souriaient tous les trois en sympathie d'idées, simples, aimant
prolongeant sous la lampe le petit repas dont rien n'abrégeait la
hâte. La bonne Nichette se plaisait à regarder ces jeunes visages si
francs, si purs et cela lui faisait du bien au cœur, à elle dont l'enfant unique naviguait sous d'autres cieux.

Yvonne, transplantée, ballottée hors de son cadre habituel, transplantée en un centre où elle n'avait jamais vécu, s'acclimatait avec un
peu de surprise de se trouver bien, d'entrevoir de si belles âmes
chez les humbles, de se frôler au milieu populaire où le dévouement
s'affirme sans s'afficher, ou naturellement on s'entr'aide si l'on se
croyait l'âme unanime.

Elle […]

Oui […]

[…] Sandra […]

[…] surement pas […]

Non […]

[…] un couvert et […]

— […] donc, monsieur le docteur, vous n'avez jamais […] vous avez toujours couru ; vous allez manger […] notre rôti est un peu froid, mais dans votre métier […] j'entends que vous en voyiez un peu plus souvent du froid […] que le juste milieu […]

— Ma foi, mère Laboul, j'accepte, ayant, avouons-le […] mais les talons ; je serai tout à fait heureux de passer la soirée avec vous. Il se retourne vers Yvonne.

— Vous êtes bien […] vous a jour pour m'attendre […]

vibrer une note sur l'un, l'autre répondrait à l'unisson. Prenez deux cerveaux humains que l'habitude de communiquer entre eux a accordé au même diapason, la vibration lancée par l'un ira frapper la note compréhensive de l'autre.

— Comme c'est passionnant ! s'écria Albert.

— Alors, ponctua Yvonne, vous supprimez la parole qui est le fil et vous ne gardez que l'onde.

— Absolument.

— Vous êtes très fort, docteur. Je ne suis pas surprise qu'on vous appelle le magicien.

Sandro rit :

— Magie ! Quel mot vide de sens devant la science. Il n'y a pas de magie, il y a la science. Madame, les découvertes actuelles, la pénétration merveilleuse des mystères de la nature nous ouvre aujourd'hui un tel horizon qu'on en reste ébloui.

— Docteur, une leçon, supplia Albert.

— Pas ce soir, mon enfant. Mais un de ces jours, si Mme Keradec veut me faire l'honneur de venir chez moi, je lui ferai voir quelques petites révélations des choses de demain. Nous entr'ouvrons chaque jour un peu plus la porte de la science, nous forçons ses secrets...

— Moi, fit Nichette Lahoul, ça me fait peur, l'arbre de la science, ça me rappelle le Paradis Terrestre... et ma foi, je n'ai guère envie d'y grimper à cette branche-là, rapport que la curiosité de la mère Ève nous a joué un trop mauvais tour. Voulez-vous une pomme pour dessert, monsieur le docteur ?

— J'accepte, madame Lahoul, et sans aucun partage.

Ils riaient ; le repas s'acheva ; le docteur fit étendre Albert sur le canapé, banda sa cheville et quitta le groupe que sa présence avait vivement intéressé.

— Gare au rayon vert, lui cria Albert comme il sortait dans la nuit opaque que pas une lueur ne dissipait sous des nuages noirs et bas.

Mais le magicien marchait d'un pas sûr ; il avait l'instinct de son chemin assez court d'ailleurs ; la mer, de loin, l'accompagnait de son grondement sans trêve.

VI

En pleine magie

Yvonne était partie seule après le déjeuner, il faisait très froid, c'était un mauvais jour pour l'infortunée jeune femme, on était à la veille de Noël et elle se rappelait avec angoisse le dernier Noël si gai, où elle possédait encore son bien-aimé Sacha.

Yvonne marchait, croyant ainsi se fuir, elle-même, semer au vent sa pensée obsédante, trouver devant elle une chose heureuse....

Elle monta la dune, entra dans les bois plus abrités, elle regardait les sapins sombres ; machinalement elle se prenait à choisir celui qu'elle aurait voulu pour l'enguirlander, le parer, l'illuminer. De rares petits oiseaux voletaient, frileux ; la route était déserte. La jeune rêveuse s'en éloigna tout à fait, puis elle se laissa tomber à l'abri factice d'un groupe d'arbres et, les yeux perdus vers les cimes, elle chercha là-haut un espoir...

C'était le jour le plus court de l'année que le temps bas et gris diminuait encore ; oublieuse de l'heure, du froid, de l'abandon où elle se trouvait, Yvonne revivait le passé, remontait une à une ses années cherchant quelle avait été sa mission humaine ; pourquoi le Créateur l'avait mise sur terre. Elle sentait n'avoir rien fait d'utile, aucune œuvre et elle se demandait si elle allait ainsi errer longtemps sans but sur une route sans attrait.

Elle frissonnait : une longue station, en décembre, assise sur le sable entre des sapins, offre bien peu de confortable ; l'ombre envanissante lui rappela qu'elle avait projeté de se rendre à Escoublac pour aller s'agenouiller devant la crèche de l'église neuve.

L'ancienne église, suivant la légende, devait être ensevelie sous les sables dans les parages où elle se trouvait. Ne disait-on pas que le coq du clocher passait encore sa tête à la surface du sol et que la nuit de Noël on entendait sonner la cloche enlisée dans la dune ; or, la nuit tombait...

Yvonne prêtait l'oreille tout en marchant à travers les bois ; mais, seul, le bruit des flots et du vent parvenait triste à ses oreilles. Rien, aucune voix, ni cloches, ni chants, ni mélodies des anges.

Pour entendre quelque chose, la solitaire promeneuse ouvrit les lèvres et laissa passer tout doucement l'air d'un vieux Noël :

> « Il est né le divin Enfant
> Jouez, hautbois, résonnez, musette ;
> Il est né le divin Enfant
> Chantons tous son avènement ».

Elle se tut, parce qu'à sa voix une autre avait paru se joindre.

— Bah ! un écho ! se dit-elle, en marchant plus vite.

Elle glissait sur les aiguilles de pins, elle heurta une roche grise couverte de lichens :

— Regagnons la route, songea-t-elle sagement ; je vais me perdre au milieu de ces halliers.

Seulement, où est la route ?

Elle marcha, le bois était épais, elle écartait les branches piquantes qui lui frôlaient la figure, accrochaient son châle de laine tricotée. Elle fit sonner la montre qui ne la quittait pas, celle de Sacha... cinq heures moins un quart. Dans une demi-heure, ce sera nuit close.

Elle voulut aller plus rapidement, mais les arbres se refermaient sur elle et aucun point de repère ne pouvait la remettre dans la bonne voie ; les éclaircies lointaines n'étaient plus visibles. Maintenant, elle avait chaud, une branche la fouetta rudement au front, et comme il faut bien peu de chose pour faire déborder la peine d'un cœur malade, cette toute petite douleur amena en ses yeux des larmes.

— Je suis égarée, murmura-t-elle. Et se laissant de nouveau aller sur le sol, elle s'abattit le front dans ses mains.

Un souffle chaud, un museau froid le long de ses doigts la fit revenir de son accablement. Elle releva la tête.

Un gros chien blanc des Pyrénées la regardait de ses bons yeux ronds. Elle le caressa :

— Tu viens me montrer le chemin... je te suis.

Elle reprit courage, se dressa. Au même moment, un bruit sonore de cloche vibra tout près d'elle, le chien bondit, disparut comme si une trappe l'avait escamoté et Yvonne, stupéfaite, figée, écoutant, tremblait. C'était un carillon joyeux, il paraissait sortir du pied des sapins, montait à leur cime et s'épandait sur la campagne :

— La cloche de la Légende ! se dit Yvonne. Elle se baissa de nouveau, se glissa sous les branches ; une énorme pierre moussue lui barra le chemin. Elle ne voyait plus en ce fouillis de buissons :

— Je passerai la nuit ici, songea-t-elle, c'est un abri contre le vent si la chance veut qu'il ne pleuve pas.

Elle s'assit sur une sorte de marche de granit formée par les rochers, s'appuya le dos de la manière la plus confortable possible et ferma les yeux.

Un long temps s'écoula, la cloche ne vibrait plus, mais il sembla à Yvonne qu'une lumière filtrait entre les interstices des pierres, que l'un de ces interstices s'élargissait et soudain, elle sentit une main prendre la sienne et l'entraîner.

VII

Les mystères de la science

Une lanterne devant elle, descendait les marches en spirales d'un étroit escalier, nul ne portait la lanterne. La main d'Yvonne tenue chaudement, sentait l'étreinte sans en apercevoir l'auteur.

— C'est la nuit des mystères, se dit-elle, allons... à la grâce de Dieu.

Elle releva la tête ; un toit très pointu la dominait et à ce toit était suspendue une grosse cloche dont le battant s'agitait encore sans toucher les parois de bronze. Les marches continuaient à une grande profondeur.

— Je suis dans le clocher de la vieille église enfouie ! réfléchit-elle et elle murmura : Qui donc me donne la main ?

Aucune réponse ne lui parvint, mais liberté lui fut rendue.

Elle continua de descendre... Comme c'était interminable ; mais, peu à peu, une clarté plus vive inondait les parois de l'escalier et bientôt elle aperçut une grande nef ogivale soutenue par des piliers de granit. Les marches finissaient, le chien des Pyrénées était couché en bas, mais nul être humain ne paraissait.

Yvonne promenait autour d'elle un regard émerveillé ; l'entourage offrait un aspect de féerie ; le long des murs, grimpaient des plantes merveilleuses aux coloris intenses, variés, au parfum exquis. Une cascade irisée tombait d'une haute tribune dans un bassin où nageaient des poissons aux formes bizarres. Des oiseaux voletaient sur des arbres touffus auxquels pendaient des fruits d'aspect succulent, partout des entrelacements de lianes, des bosquets de plantes grimpantes, des sièges rustiques. Emerveillée, Yvonne contemplait cette féerie.

— Si c'est un rêve, il est bien joli ! dit-elle tout haut, Génie de ces lieux, montrez-vous.

Juste à l'ordre, sans qu'elle l'ait vu venir de nulle part, le docteur Sandro se trouva devant elle, respectueusement incliné et dans le plus correct costume du soir ; une de ces belles fleurs, sans nom connu, fleurissait sa boutonnière.

Involontairement, Yvonne eut un recul, poussa un cri de surprise :

— Le magicien !

— Oui, le magicien, chère Madame, mais avouez qu'il s'est trouvé à point pour vous offrir un asile... et le réveillon de Noël. Ne pensez-vous pas que la nuit de quinze heures au moins, à l'abri des sapins de la dune eût manqué de confortable ?

— Toute magie est piège... Est-ce que vous auriez la complaisance de me remettre dans le chemin du retour. Songez à l'émoi de la pauvre Nichette.

— Nichette est prévenue.

— Ah ! télépathiquement ?

— Non. Nichette n'a pas une cervelle réceptrice ; elle est encore de la vieille école... mais je lui ai envoyé dire par un valet que vous rentreriez après la messe de minuit.

— Le programme comporte une messe de minuit ici... Il est vrai que nous sommes dans la vieille église d'Escoublac, n'est-ce pas ?

— Précisément. Nul ne la soupçonne et avant de partir, je vous demanderai le serment redoutable du plus profond secret. Comme dans tout bon mélodrame.

— Quel homme étrange vous êtes ! Savez-vous que j'ai presque peur de vous ?

Il sourit :

— Je suis un ami, un bien sincère ami. Mon désir unique, c'est de vous être utile, ne pensez-vous pas qu'au moins, ce soir, j'y suis parvenu ?

— Et encore avant ce soir, fit Yvonne avec un soupir. Expliquez-moi comment il se fait que je vous trouve toujours près de moi quand j'ai besoin de vous, que vous semblez jaillir du sol comme Méphistophélès... en un mot que vous jouez auprès de moi un rôle providentiel.

— Parce que je suis attiré vers vous, Madame, par une amitié infiniment respectueuse, parce que vous voyant seule et souvent imprudente, je vous observe....

Yvonne pénétrée d'une émotion mystique écoutait (page 27).

— Mais, docteur, c'est de l'indiscrétion.
— Qu'importe le mot devant le résultat. Croyez-vous qu'une nuit glacée assise sur une roche dans les bois vous eût été salutaire ?
— Comment me saviez-vous là ? Est-ce par hasard que vous m'avez découverte ?
— Non...

— vous m'avez suivie ! Je ne puis admettre une telle ingérence, mais vous êtes donc invisible !

Il sourit.

— Quelquefois. Au lieu de nous quereller, voulez-vous que je vous montre mon domaine souterrain, voulez-vous essayer de comprendre comment, sous l'aspect de la magie, resplendit la science ?

— Je veux bien puisque je suis dans l'antre du sorcier ; après vous me remettrez dans mon chemin...

— Sur votre roche, sous les sapins... au lever du jour, à l'heure de la gelée...

— Vous n'avez aucune autre voie plus aisée ?

— Nous verrons. Pour l'instant, vous êtes ma prisonnière. La prison n'est pas cruelle. Une douce température y règne, voulez-vous en faire le tour. Voyez, à ces ogives pendent des stalactites qu'irisent les feux incandescents de mes réflecteurs. Les dalles de granit que nous foulons sont couvertes d'une mousse fine et courte, moelleuse comme un tapis. La grande porte d'entrée est hermétiquement close. Des racines pourtant se sont fait jour à travers les interstices en haut et en bas, elles ont poussé et leur entrelacement forme une barricade formidable. Regardez quels merveilleux orchidées s'élancent des rosaces.

— Mais, docteur, comment ces plantes poussent-elles sous terre, sans air et sans lumière, car je ne suppose pas que cet éclairage à giorno soit durable.

— Il ne s'éteint jamais. Mes cultures ignorent la nuit et leur poussée, sous l'action des rayons chimiques, atteint des proportions inconnues. Tenez, cette jacinthe, qui s'élance du bénitier de marbre est plus grande que vous, et elle représente la modeste petite tige de vos jardins d'hiver.

Montons la nef, visitons les stalles du chœur.

Là, où jadis s'asseyaient les prêtres, voyez à droite ces fruits splendides et, à gauche, ces horribles fruits à l'aspect repoussant.

— Oh ! en effet, docteur, quelles laides choses, pourquoi cultivez-vous ces monstres.

— Pourquoi ? Ceci, Madame, comporte toute une leçon philosophique. Si elle ne vous ennuie pas, si vous voulez prendre place sous ce berceau de jasmins rouges, je vous initierai aux travaux pratiques à l'aide desquels j'espère doter le monde de la plus merveilleuse découverte des temps modernes. Mais avant, pour ne pas entraver mes recherches, pour me laisser la liberté absolue de mener à bien une colossale entreprise, jurez-moi sur l'honneur le plus profond silence. Et quand vous aurez revu le jour qui luira demain au-dessus de nous à la pointe du clocher de la légendaire église, vous croirez avoir rêvé et vous ne conterez à nul être humain votre songe.

— Je vous le promets, docteur ; je suis passionnément conquise par de telles études, parlez sans crainte, je saurai être discrète.

— Je vous crois, Madame ; songez que, sauf vous et moi, pas un être humain ne pénétra ici depuis l'époque où le sable enlisa pour toujours le vieux temple chrétien. Écoutez donc une grande leçon ; autour de nous règne encore des radiations de prière.

Ici l'on chanta des psaumes, ici, sur cet autel de granit, on accomplit les divins mystères. Levez les yeux et voyez en haut vers la croix aux bras de laquelle sont suspendues des lianes, dans l'ancien tabernacle, ces colombes blanches au collier rouge ; elles y ont fait leur nid. Je crois à votre parole, Madame, les choses qui quelquefois parlent, se souviennent aussi et le serment prononcé au sanctuaire consacré est solennel et irréductible comme un vœu.

Il parlait avec une autorité grave ; Yvonne pénétrée d'une émotion mystique l'écoutait. L'envol d'un oiseau fit neiger sur elle des pétales de jasmin odorant.

VIII

Les anciens mages

— Docteur, pria-t-elle, avant de parler des choses, voulez-vous me parler un peu de vous. Qui êtes-vous ? d'où venez-vous ? On vous juge fort bien au pays pour la bonté et la charité, mais on vous nomme aussi — et non sans raison — le sorcier.

— Je suis né, il y a environ quatre décades à l'île de la Stella-Negra. Ne cherchez pas sur la carte, c'est une île mystérieuse. où de grands savants ont placé leur quartier général. L'île est entourée de torpilles flottantes gardées par des récifs. Elle est fertile et cultivée comme un paradis terrestre. J'en apportai des graines qui donnèrent naissance aux fruits superbes et aux fruits horribles.

— Moi, je n'aurais semé que les beaux fruits.

— Non. Il faut l'opposition, Madame. Sans le mal, qui aimerait et même remarquerait le bien ? Leur existence d'ailleurs, a un autre but que vous allez saisir. Ceux qui m'élevèrent sont les derniers Mages survivants, descendants de ceux qui, du haut du monde de la Victoire, virent jadis l'étoile miraculeuse ; c'est eux qui décident de la paix et de la guerre, car c'est eux qui lancent dans l'air, les idées.

A leur école, j'ai fait des études qui seront plus tard à la portée de tous, mais sont encore réservées, jusqu'à plus complet avancement de l'humanité. Vous voyez bien que nous sommes en pleine évolution sociale, que l'ancien plan des conceptions européennes s'incline et va laisser choir les vieilles routines, les anciens règlements, pour admettre d'autres visions de vraie fraternité et de justice.

Moi, je ne me suis pas occupé de sociologie, je suis resté un adepte du domaine physique ; j'ai étudié l'art de guérir, d'améliorer la machine humaine, de la faire meilleure, plus saine, plus belle, trois états d'être qui se tiennent.

— Oh ! protesta Yvonne.

— Certainement, le moral façonne le corps.

— Alors, il n'y a pas d'irresponsables ?

— Non ! c'est l'être humain qui lui-même se détériore ; la pensée est le véhicule de la santé et du bonheur.

Yvonne secoua la tête :

— Pas pour moi dont la vie est brisée.

— Aucune vie n'est brisée irréparablement. Situez votre rêve ailleurs, voilà tout, ce n'est qu'un effort de vouloir.

— Docteur, ne philosophons pas. Continuez votre leçon de choses.

— Soit, elle nous ramènera toujours à la philosophie. Je suis donc parti de ce fait : nous avons cinq sens. Ils sont bien rudimentaires, mais toute éducation développe une fonction, je vais essayer de doubler leur étendue. La vision par exemple...

— Grâce à la lunette d'approche, on voit les monts de la lune. ce n'est pas absolument nouveau...

— Cela évidemment ressort du même aspect de vibrations. mais ce que j'ai voulu trouver est ceci : Au delà du prisme, avant l'infra-rouge, après l'ultra-violet, il y a des gammes de couleurs jusqu'à l'infini, or, nous ne les voyons pas parce que leurs vibrations sont insensibles à notre rétine et pourtant elles existent.

— A quoi cela nous servirait-il de les voir ?

— A rien évidemment. Mais voilà où est la trouvaille. s'abriter sous leur invisibilité. Comprenez-vous ?

— Oh ! nullement.

— Alors, regardez. Voici une expérience : où suis-je ?

— Mais...

Elle ouvrait des yeux immenses, elle cherchait autour d'elle, Sandro avait disparu... et pourtant en étendant les mains, elle ren

IX

A travers les miracles

Ils se rendirent aux bas côtés du vieux sanctuaire.

Là, sous l'action de lumières diversement colorées, poussaient les plus curieuses fleurs qu'on puisse imaginer.

— Prenez, cueillez, parfumez-vous, parez-vous, Madame ; les premières graines qui furent semées proviennent de l'Eden. Eve, en fuyant le beau jardin où Dieu l'avait fait naître, emporta accrochés aux boucles de sa longue chevelure, les germes des fleurs.

La terre sauvage, épineuse où le péché l'avait exilée ne produisait aucun arbuste au doux parfum et le couple exilé marchait en pleurant. Epuisés, les époux s'étendirent tous les deux sur la pierre que réchauffait le soleil.

Adam passa sous la tête de sa compagne un bras caressant et cueillit en ses cheveux quelques brindilles restées de leur dernier sommeil sur les mousses de l'Eden.

Elles contenaient de petites graines.

Tout heureux, il les jeta dans le sol hostile... et les fleurs naquirent pour mettre au milieu des larmes de l'adversité, l'espérance d'un sourire.

Voici les descendantes de ces fleurs, Madame, cette corolle nacrée, irisée d'azur a l'odeur de sainteté.

— Oh ! quel suave parfum.

— Le chien, vous le savez, Madame, se laisse guider par l'odorat ; il devine l'ami et l'ennemi aux effluves qu'ils projettent. Nous, humains, notre guide olfactif est impuissant à de telles révélations ; mais, à l'aide de ces odeurs, j'ai pu classer l'expression révélatrice de la bonté, de la générosité, de l'amour...

Maintenant, retournons-nous dans l'autre bas-côté, voici la gamme opposée : l'odeur de méchanceté, d'avarice, de haine. Mais ne vous penchez pas sur ces fleurs horribles, je les garde ici pour mes études.

— A quoi et comment servent-elles ?

— Vous savez, Madame, que les semblables s'attirent. Quand je suis en relations avec une personne nouvelle et que je veux connaître la révélation de son caractère, je prends mes diverses essences et celles qui concordent avec ses pensées s'évapoernt et vont sur elle.

— Vous êtes terrifiant !

— Passons maintenant au goût. Ce sont des fruits ; les voilà qui emplissent la grande nef centrale ; voici le goût du beau, ce magnifique abricot d'or ; voici le goût des arts, ces grappes aux grains multicolores ; voici le goût de l'ordre, ces noix rectilignes, un peu sèches. Approchez ces fruits de vos lèvres, Madame ; quand vous en aurez mangé, vous comprendrez et posséderez les vertus dont ils sont l'expression.

— Mais je vais tous les dévorer...

— Très vite, et seulement pour ne rien oublier, regardez au bas de l'église sous l'orgue, ces affreuses courges visqueuses, elles représentent le goût du vice, le goût du mal, le goût de destruction...

— Et qu'avez-vous bien pu inventer pour le cinquième sens ?

— Le tact, je suis en train de l'étudier, mais ce que je puis vous affirmer, c'est que j'ai découvert deux sens nouveaux que déjà beaucoup d'humains possèdent et que l'avancement des temps va mettre à la portée de tous...

— La transmission de pensée.

— Oui, et l'intuition.

— Comment ces plantes vivent-elles sans air renouvelé, sans pluie ?

— L'air passe aisément par les fissures du clocher ; voici de grands ventilateurs là-haut. Des arrosements périodiques sont octroyés aux plantes.

— Et où se cachent les jardiniers ?

— Une machine électrique actionnée par la cascade fait agir douze automates qui cerclent, plantent, arrosent, récoltent ; un seul être pensant gouverne tout le mécanisme.

— Vous !

— Moi !

— Mais vous décuplez le temps !

— Non, je sais l'employer. Les malheurs des hommes sont les minutes perdues.

— Mais qui a créé ce miraculeux temps ?

— Les chers compagnons magiques de la Stella-Negra, mes frères bien-aimés, mes amis.

— Et où sont-ils ?

— Chez eux, là-bas, où ils travaillent sans trêve.

— Ils viennent vous visiter ?

— Une fois l'an.

— Ils sont mariés ?

— Non.

— Alors, s'ils n'ont pas d'enfants... qui leur succèdera ?

— Personne. Ils ont 1913 ans. Vous ne savez donc pas que le Divin Enfant Jésus, dont on célèbre cette nuit l'anniversaire, a donné aux Mages qui vinrent lui apporter des présents le don de vie terrestre. Ils ne mourront qu'avec notre planète.

— Docteur, éveillez-moi, ce rêve me rend folle.

Il sourit :

— Qu'importe, si c'est le bonheur ?

Un son grave de cloche vibra sous les hautes voûtes et douze coups résonnèrent.

Tous les arbres, toutes les fleurs se dressèrent en triomphe, tous les oiseaux se turent, immobiles : l'oliban dont la grêle silhouette s'accrochait aux niches des statues, lança dans l'air ses gommes odorantes qui, tombant sur des cassolettes, s'épandirent en fumée d'encens.

Et de très loin, un chant très doux, sublime, émotionnant, envoya ses mots : « Gloria in excelsis Deo ! »

Sandro avait saisi la main d'Yvonne qui chancelait.

— Ce sont les Mages. Ils disent là-bas la messe de minuit, expliqua-t-il, le téléphone hydrographe nous relie à eux, les sons filent le long du câble sous-marin. Voulez-vous voir l'église de la Stella-Negra où s'assemblent en ce moment les Mages ?

— Comment cela se pourrait-il ? Je comprends le téléphone, mais la vision à distance...

— Est une découverte d'Edison, Madame, nous sommes les premiers à l'avoir appliquée. Entrez dans ce confessionnal.

Yvonne obéit, elle était absolument sous le charme ; elle continuait la féerie ; elle se glissa sous un rideau de chèvrefeuille rose que soulevait son guide et se plaça ainsi qu'il le lui indiquait devant le guichet dont il ouvrit la petite porte losangée. Ensuite, il tourna une manette de cristal et la glace qui formait le fond de la loge où se plaçait jadis le prêtre, s'illumina soudain de mille clartés.

Alors, devant les yeux éblouis de la jeune femme, se déroula un spectacle féerique entre toutes les féeries de l'heure qu'elle vivait. Elle aperçut la mer immense inondée de rayons lunaires avec un ciel radieux d'étoiles. Au milieu de cet océan calme, une île éclairée de feux multicolores étincelait. Sous des palmiers géants se dressait un modeste toit de chaume abritant des animaux vivants : l'âne et le bœuf. Entre eux, une crèche emplie de gerbes et sur les gerbes un bel enfant souriant.

Des bergers, des moutons, et, de tous les points de l'île, sortant de palais aux colonnes de marbre et de porphyre, de longues théories d'hommes vêtus de blanc se rendaient vers l'étable. Dans la

partie la plus lointaine de l'île on voyait une montagne d'où venaient trois vieillards montés sur des chameaux :

— Gaspard, Melchior et Balthazar ! s'écria Yvonne.

Mais aussitôt la glace se voila de brumes et la vision fut close.
Yvonne, les mains jointes, demeurait en extase.

— Etait-ce un tableau du passé, la vraie vision de jadis... trans-
posée par un mirage ?

A

Les fruits magiques

Jamais, à aucune époque de sa vie, Yvonne n'avait éprouvé une pareille intensité d'émotion. Elle errait au milieu de la vie surnaturelle. Tout son être frémissait ; souvent elle avait eu de beaux rêves
mais rien, rien ne pouvait rendre la puissance de cette réalité tangible ; elle se sentait parfaitement éveillée, elle marchait, parlait,
cueillait des fleurs de Paradis et mordait dans un fruit sans pareil
que son initiateur aux merveilles venait de lui offrir sur une feuille
argentée, avec ces mots :

— Cette pêche a le goût du bien, appréciez-en la finesse, le suc
délectable ; elle répand dans l'organisme qui l'absorbe un immense
bien-être, détruit l'âcreur du sang, la nonchalance, la nervosité
maladive. Elle pénètre dans l'économie pour activer la circulation
normale, régulariser le cœur, donner à l'esprit l'entière lucidité. Sa-
vourez longuement cette chair délicate, après nous en briserons le
noyau qui contient une liqueur de longue vie. Je ne vous offre aucun instrument tranchant pour diviser le fruit en fragment ; non, il
faut que vos lèvres l'embrassent. On ne doit pas couper les fruits.

— Mais vous, docteur, ne prendrez-vous rien ?

— Je ne vis pas d'autres chose, du moins quand je suis seul. La
nourriture que nous prenons a une influence extrême sur nos pensées, sur notre intellect. Voulez-vous goûter ces cerises pourpres ;
elles contiennent une source d'énergie, de résistance à la fatigue,
à la douleur ; on dit que certains martyrs en connaissaient le secret.
J'en trouvai un noyau dans la vallée de Josaphat. Je le semai
dans la dune au grand air au-dessus de cette voûte qui nous abrite.
Il leva un germe qui traversa les pierre par une fissure et se dé-
veloppa à l'intérieur de ce temple. C'est pourquoi vous voyez l'arbre
comme suspendu en l'air, épanouir sa tête au-dessous de ses racines qui vivent en terre surnaturelle, mêlées à celles des sapins des
dunes. Voyez encore ces ronces pénétrantes, elles ont été attirées
par la lumière intense qui brille en ces lieux, de minces tiges ont
passé par ls interstices des murailles et ici elles ont produit des
grappes de mûres vermeilles au jus sanglant. Leur saveur représente le goût de la pauvreté et elles s'allient parfaitement au goût de
la vertu que donnent les amandes.

Yvonne, ébahie, mordait à belles dents les produits fantastiques,
elle se régalait comme jamais elle n'avait pu le faire et elle dit en
riant :

— Docteur, l'assemblage de ces délicieuses choses me donnera sûrement le goût de la gourmandise et vous en serez responsable.

Elle s'était assise dans un fauteuil de buis aux feuilles argentées ;
des vignes au feuillage rouge s'entrelaçaient au-dessus de sa tête,
des grappes couleur d'or pendaient aux rameaux. Une tourterelle
vint se poser sur l'épaule de la jeune femme. Celle-ci pencha la
tête pour caresser l'oiselette avec sa joue.

— Les animaux ne sont pas sauvages, dit Sandro, quand ils ignorent les hommes. Ils ne sont pas méchants non plus.

— Comment donc sortirai-je d'ici, docteur, je n'ai nulle idée de
l'heure, mais il me semble qu'elle doit courir. Reprendrai-je le chemin du clocher ?

— Il est long et fatigant. Le clocher pointe au milieu des dunes et il est si bien caché par les herbes et les sapins que nul, sauf moi, ne peut le trouver ; la roche qui ferme l'entrée de l'escalier roule difficilement à cause des mousses et je ne veux pas la faire remarquer des passants. Mon domaine est secret.

— Mais alors... nous sommes à une grande profondeur, bloqués partout.

— Rassurez-vous. Quand le grand vent du large souleva des montagnes de sable pour les accumuler autour du sanctuaire, il souleva aussi les flots en furie et leur creusa un canal entre les rochers. Nous sommes ici, en effet, au-dessous du niveau de la mer ; d'immenses grottes s'étendent de Pin-Château à la pointe de Pornichet ; des canaux naturels les relient, une de leurs branches débouche dans les marais salants et traverse l'ancienne sacristie.

— Alors vous entrez et sortez par là ?

— Très facilement. Si vous voulez prendre la peine de me suivre, je vais vous montrer mon navire.

Ce disant, il ouvrait la porte de la sacristie au fond de laquelle Yvonne entrevit une longue galerie que des globes de lumière éclairaient au-dessus de l'eau qui la baignait. Sandro siffla son chien, ferma la porte de la sacristie et, jetant sur les épaules d'Yvonne un épais manteau, il tira la chaîne d'un batelet.

— Veuillez entrer, Madame.

C'était une étroite nacelle en aluminium, sans rame, sans moteur. Au fond, des tapis blancs sur lesquels les deux voyageurs s'assirent. Puis, le pilote poussa l'esquif dans le chenal en se servant de ses mains pour faire avancer le bateau le long des parois rugueuses, hérissées de coquillages, d'algues et de mika. Ils franchirent plusieurs coudes, le vent froid de la nuit commençait à se faire sentir. Yvonne frissonna.

— Nous arrivons, Madame ; enveloppez-vous bien et souvenez-vous de votre promesse de silence ; une révélation détruirait tout le charme et coûterait la vie à nous deux, car les Mages de la Stella-Negra ne jugent pas encore l'heure venue de livrer au public leurs mystères.

— Docteur, j'ai promis.

Ils abordaient devant des marches. Sandro tendit la main à sa compagne, tourna le commutateur pour faire la nuit dans le canal et ouvrit une porte en haut d'un assez long escalier. Il fit passer Yvonne et referma avec soin. Ils étaient environnés de peupliers blancs et de buissons, de plantes aquatiques au milieu des marais salants, derrière le bois de la Baule.

— Maintenant, il faut marcher, prenez mon bras, Madame.

Ils traversèrent les étroits sentiers entre les nappes d'eau et arrivèrent sous le couvert des sapins ; la longue route droite du Pouliguen croisait leur voie devant la petite chapelle auxiliaire de la Baule.

— Rentrons par la plage, demanda Yvonne, voyez le beau clair de lune à présent, la mer est basse, marchons au bord. Après cette nuit fantastique, j'ai besoin de me retrouver en pleine nature.

— A vos ordres, Madame.

A un clocher lointain, le son d'une cloche battant six coups apporté par les flots, parvint aux voyageurs nocturnes. Pas une lumière dans les villas bien closes du quai de la Baule, pas un être humain sur tout le parcours entre les deux pays. L'immensité de la mer et du ciel à leur droite, la solitude des dunes à leur gauche.

A hauteur de la route d'Escoublac, ils remontèrent ; Ker-Loïc tout blanc se dressait solitaire. Sur le seuil du jardin le docteur Sandro s'inclina profondément devant sa compagne :

— Au revoir, Madame, joyeux Noël !

Yvonne chercha sa clé, entra sans bruit dans l'obscurité du couloir. Rien... comme la première fois, il y avait deux mois, elle pénétra dans la salle à manger.

Mais à présent, elle était seule. Mais à présent, elle était initiée aux mystères magiques. Elle savait la révélation de la nature insondable, elle avait touché du doigt et goûté de ses lèvres aux fruits de l'arbre de la science.

La petite fille d'Eve avait vu !

Au lieu d'aller dormir, elle resta rêveuse. Ce qu'elle avait lu des écoles antiques, des mystères de Thèbes, d'Eleusis, des enseignements de Pythagore, de Rama, de Platon, d'Orphée, etc., hantaient son cerveau. Elle finit par s'assoupir et rêva qu'elle dormait entre les pattes du Sphinx de Giseh au pays des Pyramides, bien des siècles avant le règne de Ramsès. La voix de la mère Lahoul la tira du songe :

— Seigneur Jésus, mon Dieu ! s'écriait la vieille éperdue d'épouvante.

Yvonne se leva pour courir à cet appel tragique et ses yeux rencontrèrent la glace au-dessus de la cheminée. Elle faillit, elle aussi, s'effondrer de frayeur en apercevant tout juste sa tête et pas son corps. Puis la mémoire lui revint, elle sourit et rejeta le manteau que lui avait posé le docteur sur les épaules avant de quitter l'église. Alors, elle apparut entière et alla embrasser la chère vieille en l'assurant qu'elle avait dû rêver.

XI

La famille de Loustraye

Madame de Loustraye était assise dans le hall de l'hôtel de la plage et causait tranquillement avec la maîtresse de l'hôtel, tout en occupant ses doigts à coudre un tablier de bébé.

Ses quatre plus jeunes enfants : Charlotte, Joseph, Régina et Tancrède jouaient avec le chat Mahomet et faisaient des cabrioles sur le tapis en riant de tout leur cœur sans souci.

Yvonne entra.

Elle avait bravement accompli la longue course depuis Ker-Loïc, marchant au ras du flot, et elle arrivait toute rose de la lutte avec le vent pour voir enfin la famille de Loustraye et prendre des nouvelles du jeune Albert.

Elle se présenta simplement au cordial accueil que tous lui réservaient dans cette famille à laquelle de si graves événements l'avaient liée. Après les échanges de salut, elle prit place sur un fauteuil contre lequel, câline, vint s'appuyer la petite Régina, tandis que Charlotte s'écriait :

— Je vous l'aurais demandé, Madame : voulez-vous me dire si votre fils Albert ne se ressent plus de sa chute ?

— Plus du tout. Cet enfant a un courage étonnant. Il a passé à l'étude sa matinée et pendant les leçons des cadets, il a été pêcher des anguilles dans les marais salants.

— Je vais monter chercher papa !

— Non, défendit sa mère. J'espère, Madame, que vous excuserez mon mari, il est en train de faire travailler nos garçons et c'est tellement sérieux, on ne doit jamais les déranger.

— Seuls ?

— Oui, seul. C'est imprudent, n'est-ce pas ; la neige va certainement tomber avant peu, il fait à peine jour bien qu'il ne soit que quatre heures.

— Je ne compte pas m'attarder, Madame, je rentrerai par la route et ferai un petit crochet vers les marais pour vous envoyer bien vite votre fils. Est-il à pied ?

— Oui. Il est pourtant bien ravi de sa bicyclette magique.

— Il l'a baptisée Proserpine, s'écria Charlotte, mais il pense toujours qu'elle va tomber en poudre !

— Quelle singulière chose, affirma Madame Loustraye, avez-vous pu comprendre l'aventure d'hier, chère Madame ?

— La comprendre, non ; l'expliquer, peut-être. Vous savez que nous avons ici un grand savant.

— Le docteur Sandro ! Je vous crois, et si charmant, si dévoué ; il a tiré Albert d'une fière typhoïde l'an passé. Mais quel rapport voyez-vous entre lui et la bizarre disparition de cette bicyclette ?

— Le docteur m'a révélé le secret des rayons désassimilateurs, dont le pouvoir est de dissocier les molécules des métaux agglomérés par l'attraction magnétique.

Madame de Loustraye se boucha les oreilles en riant :

— Votre science est bien au-dessus de ma portée. Comment s'est donc produit le rayon vert, le savez-vous aussi ?

— Non. Mais je pense que s'il a été produit d'une manière artificielle, il peut également l'être naturellement par suite d'une combinaison de fluides ou de réflexions inconnues. Nous connaissons bien l'arc-en-ciel, l'aurore boréale, la umière zodiacale...

— Oh ! quelle savante. Il faudrait mon mari pour vous répondre, parce que moi, je n'ai jamais fait d'études bien sérieuses, je me suis mariée à seize ans.

— Quelle superbe famille vous avez, Madame remarqua justement Yvonne en prenant sur ses genoux la petite Régina. Ah ! que n'ai-je moi, solitaire, un bébé à aimer.

— Je vous plains, oh ! oui, je vous plains ; tout mon bonheur est placé sur ces chères petites têtes blondes. Notre vie de famille est exquise, bien que nous ne soyons pas assez riches... Je vais être contente de vous présenter mes garçons ; ils vont descendre, c'est l'heure du goûter, vous allez prendre le thé avec nous.

— Volontiers. Ensuite, je regagnrai le chemin du retour.

Une galopade effrénée s'entendait à travers la maison sonore où nuls autres clients n'habitaient. Et il parut, courant les uns après les autres, quatre beaux garçons riants, robustes, aux clairs yeux marron, aux cheveux châtains, au sourire franc.

Ils étaient vêtus de maillots de grosse laine blanche, les mollets nus, des sandales de tennis aux pieds. Ils s'arrêtèrent net en voyant Yvonne. Mais leur père, qui les suivait, vint tendre la main à la jeune femme :

— La bonne surprise, Madame, et Albert qui n'est pas là ! votre ami Albert, il ne parle que de vous, il vous a voué une infinie reconnaissance depuis la veille de Noël où vous l'avez si bien soigné à Ker-Loïc.

— Qu'est-ce ceci, Monsieur, auprès de ma dette envers vous ? riposta Yvonne.

Et comme un gros soupir scandait cette phrase, Madame de Loustraye voulut une diversion :

— Que je vous présente mes fils, fit-elle avec une légitime et jolie fierté de mère : Voici Raymond le cadet, treize ans, et des goûts d'aviateurs. Philibert le troisième, onze ans ; il veut être général ! Brevin le quatrième, beaucoup plus modeste, il veut aller pêcher à Saint-Pierre et Miquelon et Foulques dont les huit ans rêvent de grandes explorations aux pays inconnus.

Tous les enfants s'inclinaient successivement avec aisance. On voyait qu'ils avaient une parfaite éducation à la fois simple et correcte.

Le maître d'hôtel apportait un grand plateau chargé d'une théière, de tasses, de crème et d'une montagne de toasts. Charlotte, malgré sa petite taille de sept ans, accomplissait adroitement son rôle de jeune fille et servait l'invitée.

Malgré sa tristesse, Yvonne ne pouvait s'empêcher de ressentir l'atteinte joyeuse qui émanait de cette jeunesse heureuse, de cette parfaite entente familiale dont la devise était si merveilleusement appropriée : « Tous pour un, un pour tous ».

— Il faut revenir souvent, insista Madame Loustraye quand la visiteuse voulut partir, mais, pour ce soir, je ne vous retiens pas, il est déjà presque nuit.

— Voulez-vous que j'aille vous reconduire ? offrit Raymond en bon chevalier, j'en serai tellement charmé !

— Merci. Si vous saviez comme j'ai l'habitude de me tirer seule de n'importe quel voyage. Celui-là n'est rien, à peine une heure de marche.

Ce disant, Yvonne cherchait des yeux où elle avait posé son manteau en entrant. C'était celui de la nuit mystérieuse et, pour l'apercevoir, il lui fallait remarquer laquelles des boules du porte-manteau restait invisible entre les autres.

Elle le jeta sur son bras et sortit d'un pas rapide pendant que tous la regardaient assez surpris de ce geste sans but apparent.

XII

L'Epouvante

La neige commençait à tomber très fine, poudrant la terre d'un mince tapis, Yvonne courait... pour s'échauffer surtout, car la froide cinglée ne lui déplaisait pas. Seulement, sous les sapins, la nuit devenait profonde, mais l'éclaircie du grand espace découvert des marais salants mettait une clarté et elle put voir la forme agile et pressée du jeune pêcheur qui se hâtait sur les étroites bandes de terre entre les plaines d'eau.

Elle cria : — Monsieur Albert ! bonsoir, rentrez vite, on vous attend avec impatience chez vous.

— Ah ! vous, Madame, ici ! que je suis heureux de vous rencontrer.

Il claquait des dents et ruisselait, il expliqua :

— Ne me regardez pas, j'ai glissé dans la marne et me suis offert une pleine eau sans y trouver l'ombre de charme !

— Vous grelottez, mon pauvre petit laissez-moi vous prêter ce manteau, je ne le mets pas.

— Oh ! merci. Seulement, je crains de vous priver.

Yvonne avait jeté sur les épaules d'Albert la mante « ultra-violette » sans songer au singulier effet qu'elle allait produire, entraînée par la pitié que lui causait le triste état de l'enfant.

— Et maintenant, filez lestement, nous allons croiser des loups-garous sur la route.

Albert bondit.

Vingt minutes plus tard, il ouvrait la porte du hall de l'hôtel vivement éclairé et où il voyait, par les glaces sans tain de la façade, sa famille assemblée.

A son entrée, un cri de terreur jaillit de toutes les bouches. L'enfant supposa que l'incorrection de sa tenue en était la cause, il traversa vite le hall et monta à sa chambre tout en criant :

— Je vais me changer, je redescends.

En quelques minutes il fut prêt, accrocha ses habits trempés dans son cabinet de toilette et chercha le manteau prêté pour le faire reporter dès le lendemain. Il tourna tous les commutateurs électriques sans pouvoir trouver l'objet, mais il remit sa recherche à plus tard pour aller joindre sa famille et la rassurer.

Il rencontra ses frères dans l'escalier et sa mère toute pâle au bas des marches. Il la prit par le cou :

— Tu t'émotionnes trop, maman, je n'ai aucun mal à présent, je suis si bien dans des habits secs, j'ai pris un bain, c'est tout.

Madame de Loustraye promenait des mains tremblantes sur les bras et les épaules de son fils :

— Mon chéri, mon grand, nous avons cru que tu étais noyé.

Albert éclata de rire :

— Mais les noyés ne rentrent pas.

— Nous avons cru voir ton fantôme, ou plutôt une partie de ton fantôme.

— J'étais couvert de neige ?

— On voyait juste la tête, tes deux mains et tes deux pieds ! le reste de la personne était invisible.

Le garçon riait de plus belle : — Vous avez eu une hallucination collective.

— C'est probable, fit le père, nous pourrions tout de même aller dîner.

— Ce qui me contrarie plus, répondit Albert, désolé, c'est la perte de mes anguilles. Songez que j'en avais plus de vingt dans mon filet. Je veux sauter un des ruisseaux pour éviter le grand détour,... je me jette sur le talus trop mou, je glisse et floc... me voilà en pleine eau, j'en suis sorti, mais le filet y est resté.

— Et qu'est-ce qui frétille de joie ?... les anguilles, observa Brevin le futur pêcheur d'Islande.

— J'ai rencontré Madame Keradec. Charitablement, elle m'a jeté sa mante sur le dos. Dès le matin, demain, j'irai la lui reporter.

— Non, attends à l'après-midi, rectifia sa mère, nous irons tous à Ker-Loïc lui faire une visite.

— Entendu, maman.

Après le repas, les enfants se mirent à jouer des charades. La maîtresse d'hôtel vint avec son mari et sa fille se joindre aux spectateurs peu nombreux, puisque les uniques clients de cette heure hivernale étaient les fidèles Loustraye et chacun se retira dès que le gong eut sonné le couvre-feu de dix heures.

Une fois seul chez lui, Albert se remit à chercher le vêtement que lui avait si généreusement prêté Yvonne. Il ne le voyait nulle part et finit par s'endormir en pensant que la femme de chambre l'avait pris pour le brosser.

De son côté, Yvonne avait une grosse inquiétude qui la tint éveillée la nuit entière. Qu'avait-il bien pu se passer avec Albert ignorant la propriété de l' « ultra-violet », quelle panique avait germé, que d'histoires, peut-être !

Au jour elle se leva et, sans attendre le déjeuner que d'habitude elle prenait en compagnie de la mère Lahoul, elle se dépêcha de courir à l'hôtel de la plage.

La neige était fondue, le chemin long n'avait pas cependant l'ennui des routes boueuses ; sur cette côte, tous les chemins sont de sable. Il faisait même très doux ; un vent du sud agitait la cime des sapins, la jeune femme respirait l'air balsamique du bois mélangé à l'air salé et vivifiant de la mer.

Elle allait si rapidement qu'elle fit la route en moins d'une heure et arriva comme les hôtes de l'hôtel descendaient à la salle à manger. Elle se dissimula derrière la haie du jardin, qu'allait-elle dire ? Comment allait-elle expliquer sa réclamation d'une chose invisible... pourtant tangible. Le hasard la servit. Elle entendit la voix d'Albert qui appelait la femme de chambre, réclamant un manteau laissé la veille dans son cabinet de toilette.

Alors elle devina ce qui se passait. L'enfant ne s'était pas vu au milieu de la nuit, il avait jeté au hasard son vêtement sur un meuble et, à présent, il ne le retrouvait plus. C'était limpide.

Yvonne n'avait pas une nature hésitante, elle attendit que tout le monde fût à table et entra bravement dans l'hôtel.

— Où est la chambre de Monsieur Albert de Loustraye ? dit-elle à un garçon qui frottait l'escalier.

— Numéro 21. Madame peut monter, seulement je crois bien que le jeune Monsieur est sorti.

— J'irai voir.

Yvonne ouvrit la porte, le cœur battant, avec l'impression d'une... cambrioleuse... cette pensée la fit sourire ; encore, se dit-elle, encore, je suis donc vouée à ce métier !

La pièce était vide. Elle-même ne pouvait voir ce qu'elle venait chercher, mais elle procéda par déductions ; l'endroit où était le manteau ferait l'effet d'un trou, d'un vide interrompant une solution de continuité. Bien que son cœur battît dans la crainte d'être trouvée là, elle s'imposa la visite minutieuse de l'entourage et soudain elle aperçut un fauteuil qui n'avait qu'un bras, deux pieds et la moitié d'un siège : — Voilà, se dit-elle en saisissant bien vite le terrible objet. Rapidement, elle s'en enveloppa étroitement et sortit de l'hôtel sans que les serviteurs qu'elle croisa en route pussent l'apercevoir.

Pourtant le chien aboya rageusement, une fille de service se retourna :

— Qu'as-tu, Milord ?

Et la jeune fille resta figée, blême, murmurant, éperdue :

Pourtant le chien aboya rageusement (page 38.)

— Jean, venez voir, le chien aboie après deux yeux qui sont là tout seuls dans l'air !...

Yvonne s'enfuit... et, arrivée au loin, elle retira le manteau avec un certain soulagement.

Une fois rentrée, elle le suspendit dans le corridor et se mit à la recherche de sa compagne pour lui expliquer sa fugue matinale d'une manière quelconque.

XII

L'arrivée de Loïc

La mère Lahoul avait mis sa belle robe de mérinos jaune, sa coiffe de fine mousseline, son petit châle à franges, un tablier de soie et des souliers bien reluisants.

— Tu sais, cria-t-elle à Yvonne avec une joie exubérante, je file à Saint-Nazaire, la « Navare » est signalée. Loïc est à bord, tu penses que je cours au-devant de lui. Et je te le ramènerai, ma fille, pour souper, et tu le verras mon gars !

Elle descendait les marches presque en sautant, elle mettait sous son bras le gros parapluie de coton qui avait l'air d'une quenouille, elle prenait son panier à couverte pour rapporter des provisions et, sans réfléchir qu'elle allait attendre un long temps à la gare elle s'en allait, allègre, le cœur en fête.

Yvonne la regarda disparaître dans la direction du chemin de fer et soupira : Qui donc pourrait-elle bien aller attendre, elle ?

Contre quel cœur, son cœur douloureux pourrait-il jamais se réchauffer. Elle rentra dans la maison, s'occupa des soins du ménage, rêva longuement à la fenêtre la plus haute en regardant la mer panachée de « moutons blancs » puis, pour ne pas céder à la tristesse, elle se mit à écrire.

A qui ? A Paris ? elle y gardait de rares relations. Alors, elle se mit à raconter en une douzaine de pages à la bonne Rosa Hallay ce qui se passait au pays, les petits faits, les toutes petites choses et elle oublia un peu sa solitude.

Ensuite elle songea au retour de sa bonne Nichette et elle se dit :

— Il faut que je prépare un bon dîner pour l'arrivée de Loïc, cela fera tant de plaisir à sa mère.

Seulement je n'ai pas la moindre notion culinaire ; que pourrais-je donc bien inventer ? Je vais toujours commencer par aller aux provisions.

Yvonne toute simple, prise dans le milieu ambiant, jeta sur ses épaules un châle de laine et descendit.

Au rez-de-chaussée, la porte du perron donnant sur le jardin était ouverte avec la parfaite confiance des villageois qui n'ont jamais l'idée de s'enclore.

Au porte-manteau, dans le vestibule, à la place où elle avait posé le manteau magique, elle fut stupéfaite de voir un panier suspendu par les anses et dessus, bien en évidence, une lettre qui portait son adresse.

Vite, elle l'ouvrit et lut ces mots, tracés d'une écriture claire, ferme, qu'un graphologue eût admirée :

« Madame,

« J'ai trouvé prudent de reprendre la mante ultra-violette. Elle « pourrait vous causer des ennuis, car vous n'avez pas l'habitude « de vous en servir. Ouvrez le panier que je dépose à sa place, « vous y trouverez de quoi fêter un peu l'arrivée de Loïc. Sa mère « m'a reçu l'autre soir avec une si franche cordialité que je désire « à mon tour quelques fleurs sur la table. Veuillez-de... vous aussi « en accepter l'hommage.

« J'ai l'honneur d'être, Madame, votre respectueux serviteur.

Francesco Sandro. »

Yvonne lut deux fois la lettre, puis elle ouvrit le panier où elle vit encore une feuille de papier sur laquelle étaient tracées ces deux lignes : « Ces fruits viennent de ma villa, ils n'ont rien de fantastique. »

Elle sourit et tira du réceptacle une superbe botte de roses, accompagnée d'une autre de réséda mêlé de violettes de parme.

La jeune femme plongea son visage dans les fleurs, quel délicat parfum ! elle mit une violette à son corsage par une vieille habitude, puis... elle la retira. Hélas ! ce décor ne cadrait pas avec le corsage sombre.

Un soupir jaillit de ses lèvres auquel, lui sembla-t-il, répondait un autre soupir. Elle tressaillit :

— Quoi ? serait-il là le magicien ? près d'elle, l'épiant ?

Cette pensée l'irrita, mais en examinant bien l'entourage, avec l'expérience acquise, elle se convainquit d'être seule, aucun espace n'étant caché sur les murs et sur les sièges. Elle continua ses recherches et tira successivement de la corbeille profonde de superbes grappes de raisin noir et blanc, des poires de passe-crassanne, des pommes de Calville et, tout en dessous, un gros pâté enfermé en une croûte dorée.

— Allons, se dit-elle joyeuse, voilà mon marché fait. Quel luxe ! Ces mets sont dignes d'une table royale et ils vont orner le modeste couvert mis pour ces deux être excellents : la vieille cuisinière et le chef de cuisine du bâtiment, le maître-coq !

Elle s'assit pour dresser la corbeille dans un saladier où elle entremêla avec goût fruit et fleurs. Elle songeait :

— Que pense le magicien ? pourquoi tant d'égards, pourquoi m'a-t-il confié ses insondables secrets ? à moi l'inconnue d'hier. Pourquoi le trouvais-je toujours sur ma route et surtout quand je me suis mise dans l'embarras.

Yvonne n'osait pas formuler la réponse que lui soufflait sa pensée intime, elle ne voulait pas surtout l'écouter, cette réponse. Elle était fidèle, elle avait aimé une fois et jamais plus elle n'aimerait, jamais elle ne commettrait la vilaine action ingrate de l'oubli. Celui qui était parti avait eu tout son cœur. La première peine qu'il lui causa fut de la quitter pour l'autre monde. Cet homme nouveau qui entrait ainsi sur son chemin, cet homme que le hasard providentiel lui avait fait trouver en ce pays perdu, ne pouvait remplir d'autre rôle dans sa vie que le passage d'un étranger... obligeant, ajoutait aussitôt la songeuse en respirant les roses dont le parfum, on le sait, incite à l'amour. La corbeille finie, Yvonne la contemplait, oubliant l'heure, très peu maîtresse du songe qui envahissait toute son âme.

La chatte qui vint flairer le pâté la rappela à elle-même. Elle caressa le poil soyeux du gracieux animal : — Oui, tu auras ta part, Minette, seulement par la première.

Et elle posa la bête sur le sol pour dresser le couvert.

Elle le fit avec grand soin, beaucoup de plaisir, elle aussi se prenait à aimer le brave Loïc et puis elle pensa que peut-être Sandro viendrait le soir...

Quand les soins ménagers furent achevés, le cidre monté de la cave, la soupe en train de bouillir sur le fourneau, Yvonne sortit dans le jardinet et se mit à guetter les arrivants. Le train de Saint-Nazaire ne pouvait tarder, il était à présent près de cinq heures et le jour avait fui, mais elle pouvait distinguer des ombres le long de la route déserte.

Elle entendit le sifflet de la locomotive, puis le train passa en trombe sur le pont tout proche, filant au Croisic.

— Bon, se dit-elle, ils ne vont pas tarder. Et elle rentra pour bourrer le fourneau de charbon et répandre une bonne chaleur dans la maison.

Bientôt, elle entendit des voix dont le bruit s'approchait rapidement. C'étaient des voix joyeuses, celle de Nichette panachée de rires et celle d'un homme qui faisait la basse de l'accord.

— Les voilà !... moi, je suis l'étrangère.

Cette pensée l'empêcha de courir au-devant d'eux, mais quand elle vit dans l'encadrement clair de la porte la figure de la mère Lahoul et celle d'un beau matelot qui lui riait, elle s'empressa :

— Hein ! cria la vieille, embrassez-vous, les gosses !

Et sans se faire prier, Loïc ôtant son béret bleu, posa ses fraîches lèvres ombrées d'une douce moustache sur les deux joues d'Yvonne

La mère reprenait :

— Regarde-le, ma fille ! T'ai-je menti ?

Rendre l'acent de fierté de ces paroles est impossible, la jeune femme le comprenait si bien. Elle secoua cordialement les deux mains du garçon et dit, souriante :

— Je vous reconnais... « elle » vous avait si bien dépeint.

Mais à présent, Nichette s'exclamait en voyant la table superbe. Elle levait au ciel ses grands bras maigres.

— Quel apprêt ! Dirait-on pas que c'est pour le Roi ! Tu n'as pas été à l'économie, pour sûr !

Yvonne riait aussi : — Je n'ai pas dépensé le moindre centime. tout cela est offert par un ami...

— Ah ! j'y suis, le docteur ! Sûr qu'y fait bien les choses.

Loïc regardait autour de lui, reprenant pied chez lui et il se laissa tomber dans un fauteuil en disant, heureux :

— Ce que c'est beau, chez nous ! Et la grande part de l'exclamation s'adressait à Yvonne.

XIV

L'homme à l'œil de chien

Après le dîner, tous les trois réunis sous la lampe, la mère Lahoul prit à deux mains la tête de son garçon et, le regarda au fond des yeux :

— Tout de même, ça se voit les yeux, ils sont de la même couleur, mais ils n'ont pas la même expression.

Loïc éclata de rire :

— T'as pas idée de ce que c'est drôle, des fois il y en a un qui pleure et l'autre qui rit.

— Comme la Joconde, remarqua Yvonne.

— Ça vient, sanctionna gravement la mère, de ce que les bêtes pleurent, mais ne rient jamais.

— Moi, je pense au pauvre chien qui vous a donné son œil, ajouta encore Yvonne.

— Vous faites pas de souci, Madame Yvonne, j'ai dit comme quand les opérateurs y m'ont raconté la chose après que j'ai été réveillé de l'anesthésie. J'ai dit : Où qu'il est le pauvre petit frère chien ?

Alors, ils ont répondu : — Il n'a pas souffert une minute. nous avons pour principe que rien de ce qui vit ne doit éprouver de douleur imméritée, la petite bête est allée à l'Elysée des chiens sans en avoir l'appréhension... Nous l'avons endormie, n'ayez aucun remords. Vous savez que la nature oblige, sous peine d'envahissement des bêtes, à de funestes noyades, alors nous utilisons les condamnés, auxquels notre science nous permet d'éviter tout mal et toute frayeur. »

Ça m'a calmé. Mais rien ne saurait vous donner une idée, à toutes deux, du spectacle extraordinaire qui m'était réservé quand y m'ont ôté mon bandeau.

— Oh ! racontez-nous... supplia Yvonne, curieuse et déjà un peu initiée aux miracles des mages.

— Pensez qu'on me tire le morceau de mousseline qui obstruait ma vue et que tout de suite on colle une paire de lunettes qui avaient un verre clair et l'autre opaque. Le côté clair était pour l'œil ancien. Je me vois alors dans un superbe jardin enveloppé d'ombre et de soleil avec des fleurs et des fruits.

— Comme moi, la nuit de Noël, se dit Yvonne.

Au bout d'un instant, le chirurgien retourne mes lunettes et me le côté opaque sur l'œil d'homme et y me dit : — Voyez-vous ?

— Ben sûr que je vois... que je réponds. mais qu'est-ce que c'est que tous ces gens-là...

Le savant m'observait, y me dit :

— Quels gens ? Décrivez-les.

— Ce sont des êtres transparents, il y en a dans les arbres, puis il y en a d'une autre espèce sur la mer, et encore d'une autre sorte, dans les rochers. Ils sont énormes, les uns, et puis j'en vois des tout petits, grands comme des gosses.

Le chirurgien reprend : « Ce sont des mirages, ne vous en effrayez pas. Mais cet œil implanté dans votre orbite a apporté sa vision propre, peu à peu elle disparaîtra sous l'influence de l'innervation et de la circulation sanguine humaine ».

— Comme c'est curieux, vous voyiez comme voient les chiens ! s'écria Yvonne, vivement intéressée.

— Sans doute. Quand je regardais un chat avec cet œil-là, il se hérissait...

— Et maintenant, que vois-tu ? insista la mère Lahoul.

— Pas grand'chose ; des fois j'aperçois des ombres qui passent, mais chaque jour moins visibles.

— Et vous lisez ? questionna Yvonne.

— D'un œil... oui, le nouveau, y n'a jamais voulu apprendre à lire, il regarde le papier qu'est marqué et y voit l'ombre de la personne qui l'a écrit. C'est grâce à ça, maman que j'avais la joie de t'entrevoir quand le vrai œil lisait tes lettres. Les savants m'ont dit que les animaux voyaient plus de choses que nous.

La causerie intéressante et intime des trois hôtes de Ker-Loïc fut interrompue brusquement, une troupe bruyante entrait dans le jardin.

— Loïc ! Loïc, où que t'es ? Bonjour, Loïc, on vient te voir, mon gars.

— Entrez, les amis, riposta le matelot, entrez tous et qu'on s'embrasse ; c'est bon de retrouver les visages connus, asseyez-vous et que la mère nous régale d'une fraîche lampée, car on a tous le gosier en pente, pas vrai ?

Ils arrivaient en bande, les amis d'enfance, et c'étaient des rires, de cordiales amitiés ; la mère y prenait part et emplissait des verres.

Yvonne, discrètement, se sauva. Selon son habitude rêveuse, elle sortit sur la route, gagna la plage d'où elle pouvait contempler les étoiles tout autour de l'horizon. Les yeux levés, elle se demandait si dans l'incommensurable éternité, on irait de l'un à l'autre de ces mondes pour revivre, pour aimer, pour chercher ceux qui nous ont précédés. Et l'intuition d'âme lui répondait : oui, ce sont des mondes où l'on est plus heureux que sur terre, et où s'enregistre le bien accompli pour le rendre au centuple.

La mer était déserte et calme, la lune suivait là-haut la route immuable jamais troublée et le calme immense de la grande solitude inondait de paix et d'espoir l'âme de la jeune songeuse.

Quand elle revint, les matelots chantaient heureux de se retrouver. Alors, sans bruit, elle monta dans sa chambre pour ne pas gêner les effusions de ces braves gens... ses amis de l'heure présente.

De plus en plus, elle s'attachait à eux. Leur franchise, leur spontanéité, lui révélaient des trésors inconnus. Ils donnaient sans calculs et n'imaginaient pas que tout leur était dû sans qu'ils aient rien à rendre.

XV

Les enfants graves

Le lendemain, le marin, heureux de reprendre pied au pays, de revoir ses parents, alla surprendre le vieil oncle Corentin qui pêchait la sardine à bord de l' « Anne-Marie » depuis quarante ans ; de là, il irait souper à Guérande où son cousin Yves était cabaretier et il entraînait la vieille mère dans la randonnée de famille :

— Ma fille, dit Nichette en quittant Yvonne, je ne sais pas quand nous reviendrons, parce que y se pourrait que puisqu'on met la voile au vent, on se laisse pousser jusqu'à Mesker au delà de Piriac, rapport à mon filleul qui va se marier avec une fille de par là. T'inquiète pas de nous, il y a cinq ans que je n'ai pas mis le cap plus loin que notre église.

— Allez, allez, ma bonne Nichette, on gouvernera sagement en vous attendant, fit Yvonne amusée, je monterai le quart toute seule.

— Ce qui serait gentil, insista Loïc, ce serait de venir avec nous.

— Merci, chers amis, mais je suis tellement en deuil !

Elle les regarda s'en aller sur la route, la mère, toute guillerette, claquant ses sabots et son épais parapluie de coton vert sous le bras, lui avec son large col bleu dégageant son cou solide et hâlé, son béret, liseré de blanc, crânement posé sur ses cheveux roux.

Quand ils eurent disparu au coude du chemin, Yvonne rentra.

Que devenir ? il fait une merveilleuse journée d'hiver, à peine un vent de terre frisait-il l'eau calme, le soleil dardait, presque tiède. Elle se dit :

— Je vais, moi aussi, faire une randonnée, je vais piquer droit sur le bourg de Batz, en passant je verrai si le jeune Albert veut venir : pour une fois je l'emmènerai avec moi.

Alors, elle tira la porte derrière elle et, d'un pas souple, relevé de l'énergie heureuse qu'excitait le beau temps, elle suivit la plage. Elle aimait marcher au ras des flots.

On était à l'avant-veille du premier jour de l'an. 1913 allait inscrire son redoutable millésime sur le calendrier. Que contenaient pour elle ces quatre chiffres ? Ils représentaient le nombre quatorze. Hermès, 1900 ans avant notre ère, l'avait écrit sur une de ses lames avec des deux urnes dont un génie verse le contenu de l'une dans l'autre. Symbole des sources de la vie.

Comme une enfant, elle traça sur le sol ferme, humide, le chiffre 1913 suivi d'un point d'interrogation et elle le regarda s'effacer sous la vague montante...

Il n'y avait au ciel presque pas de nuages, l'eau était bleue sans houle. Trois petites voiles rousses ondulaient au large. Yvonne pensa à l'oncle Kergarec, et elle jeta à travers l'espace ce vœu : « Bonne année, tonton Nazaire ! pensez à moi. Dieu vous garde des tempêtes ! »

Puis, elle réfléchit : — Comme c'est bon, la solitude libre ! Mais un soupir de remords dériva sa pensée. La solitude ! Ah ! oui, elle l'avait complète et cette grève déserte à perte de vue était bien l'image de sa vie.

Elle marcha plus vite, remontant un peu la plage à chaque lame envahissante. Au bout du quai, elle s'appuya un moment contre la barrière du petit clos inculte qui précède l'hôtel de la plage, se demandant pourquoi on entourait ainsi ces herbes et ces rameaux.

Elle fut distraite par la vue des fils de Monsieur de Loustraye qui sortaient gravement du hall.

Au lieu de courir en s'amusant comme d'habitude, ils marchaient les uns près des autres, silencieux, avec des regards inquiets.

Ils aperçurent Yvonne, un sourire éclaira leur physionomie grave, ils l'entourèrent :

— Je venais chercher Monsieur Albert, expliqua-t-elle, nous irions par la côte au Bourg-de-Batz. Le temps est merveilleux, puis-je rentrer saluer vos parents, au retour ?

— Oui, au retour, accepta Albert, sérieux ; en effet, je vais aller avec vous, moi ; les autres vont rester ici, mais en route je vous dirai des choses...

— Chers enfants, vous avez tous l'air désolé !

— Petite mère pleure ! fit Christophe, les yeux pleins de larmes.

— Il est arrivé du malheur chez nous, dit Raymond.

— Un deuil !

— Non, c'est encore une perte d'argent, riposta Philibert. On ne va bientôt plus savoir comment vivre...

— Ne vous découragez pas, mes petits amis, fit Yvonne, moi j'ai l'expérience de ce genre de soucis... toujours, il vient à point une action providentielle.

Raymond se redressa : — Je peux gagner de l'argent, moi !

Albert regarda tendrement son frère :

— Oui, à nous deux. Veux-tu promener les petits, moi je vais filer avec Madame Yvonne, elle nous donnera peut-être un bon conseil.

— Mon cher enfant, comme je le voudrais !

Alors, ils prirent la route d'en haut vers la grande côte ; pas un promeneur ne marquait sa silhouette sur le routin à la cime des rochers noirs, tout environnés du bleu du ciel et de la mer.

— Regardez, dit Yvonne, c'est un peu l'aspect de notre vie, cet horizon. Un chemin rude et hérissé, au bout l'azur...

XVI

Lö sacrifice d'Albert

Familier et confiant, Albert avait glissé son bras sous celui d'Yvonne, ils marchaient sur des herbes sèches et rases qui couvraient le sol sablonneux. Ils allaient lentement ; l'enfant, soucieux, avait infiltré l'inquiétude à travers l'éclair futigif de joie qu'elle avait emprunté à la belle matinée. Un soupir profond souleva le cœur du petit. Tendrement, Yvonne pressa la main rude du jeune mousse.

— Ouvrez votre cœur, c'est celui d'une amie bien sincère qui vous écoute.

— Vous saviez que déjà notre revenu était assez court, que nous restions ici pour moins dépenser. Père rêvait toujours d'allonger les ressources par des spéculations. Il avait fait une tentative à la Bourse, une bonne valeur qui montait, nous donnait presque le double du prix d'achat. Père envoie à l'agent de change l'ordre de réaliser et celui-ci répond : « J'ai vendu, vous avez gagné vingt-mille francs. Si on mettait le tout sur les mines de Cerahalbo qui vont avoir une hausse formidable, ce serait du cent pour cent. Télégraphiez tout de suite si oui.

— Hélas ! du jeu ! soupira Yvonne.

— Alors, père télégraphie : « Faites l'opération » et c'est moi qui vais porter le télégramme à la gare. Trois jours passent, puis une panique à la Bourse, comme les bruits de guerre en amènent si souvent, au lieu de monter, la mine descend et nous avons tout perdu...

Les deux promeneurs marchaient, la tête basse, sans parler. Yvonne songeait à l'imprudence de ce père de famille et Albert à ce qu'il pourrait inventer pour aider, soulager les siens. Ils s'étaient assis à l'abri d'une roche que réchauffait le soleil d'hiver.

— Tiens, voilà Cerbère. Où quêtes-tu, mon vieux ? fit soudain le garçon à la vue du bon gros chien des Pyrénées, « ami » du docteur Sandro, ton maître est donc par ici ?

Cerbère tourna les yeux vers la falaise en secouant son panache blanc et presque tout de suite émergea des rochers la haute et solide silhouette du médecin. Il salua, souriant :

— La bonne surprise. Je ne vous savais pas si près de moi.

— Vous surgissez toujours à l'improviste, docteur, observa Albert.

— Je suis là depuis ce matin, mon jeune ami, j'ai vu s'en aller et revenir la mer, je remontais à cause de la marée...

Yvonne, du geste, désignait une place près d'eux.

— Restez un peu sur notre divan douillet, monsieur ; aurions-nous, par hasard, troublé votre solitude ? Vous deviez travailler à une grave étude pour être là ainsi solitaire depuis l'aube.

— J'ai fait des expériences d'acoustique, c'est vrai... avec l'aide de mon chien.

— Ah ! fit Albert, Cerbère associé d'un savant ! Qu'as-tu appris, Cerbère ?

L'animal, couché sur le sable devant eux, sa langue rose pendante, fixait son maître de ses gros yeux ronds très tendres. Il posa sa patte caressante sur les genoux d'Albert et le docteur expliqua :

— Je place Cerbère à diverses courbes, je l'appelle tout bas et il vient quand il entend.

— ... et vous lui parlez la langue canine ? osa Yvonne.

— Je ne suis pas de cette force, chère madame, j'entends les sons, je ne les comprends pas. Mais que faites-vous ici tous les deux ? vous aurz froid dans un instant, le vent fraîchit.

— Nous causions... fit Albert. Docteur, depuis que vous m'avez tiré de ma fièvre typhoïde, je vous regarde comme un ami.

— Oh ! cher enfant, merci de cette bonne parole.

— Je racontais à Madame ce qui nous arrive de fâcheux et je pense que cela ne saurait vous être indifférent à vous aussi. Marchez avec nous, vous me donnerez un bon avis.

— Si je puis. Rentrez-vous ? Moi, j'allais au bourg de Batz.

— C'était notre but, dit Yvonne ; seulement, j'y avais presque renoncé, à cause du temps perdu ici à nous réconforter au bon soleil. Je ne le regrette plus...

— ... puisque nous vous trouvons, acheva Albert, et j'ajouterai même ceci, que me souffle mon intuition : nous sommes venus nous asseoir ici parce que vous deviez escalader la falaise juste à ce point précis.

— Que voulez-vous dire, Albert ? riposta Yvonne vivement ; nous ignorions tout à fait la présence du docteur ici.

— Sans doute, mais nous y avons été poussés.

Le docteur Sandro regarda l'enfant.

— Où avez-vous pris ces idées, mon enfant ?

— Docteur, je vous les dois, quand j'étais encore languissant et que vous causiez des fois avec moi comme si j'avais été un grand garçon, vous me disiez : Allons, courage, il faut « vouloir » vivre pour vivre et « vouloir » guérir pour guérir. » Et père ajoutait : Si tu étais resté à Paris, tu y serais mort, tandis qu'ici, notre bon ami t'a sauvé avec son dévouement et sa science ». Alors vous, docteur, vous ajoutiez, et cela m'est resté dans l'esprit : « Vous êtes venu ici, parce que vous deviez y venir, la destinée avait arrêté que vous auriez la fièvre et que moi je trouverais le sérum guérisseur et l'essaierais sur vous, je n'ai aucun mérite ; nous sommes des instruments conscients dirigés depuis notre naissance jusqu'au bout ; notre rôle est tracé. A nous de bien ou mal le jouer, là réside uniquement notre libre arbitre. »

— Petit philosophe, fit Yvonne affectueusement.

Sandro mit la main sur l'épaule d'Albert :

— Vous réfléchissez beaucoup. Ne fatiguez pas votre pensée, les heureux sont les insouciants. A votre âge, on joue !

— Non, docteur, je n'ai plus le droit de jouer ; moi, je suis d'aîné et il faut, au contraire, que je travaille, il faut même que j'arrive à gagner beaucoup d'argent.

— Noble but quand la voie est droite.

— M. de Loustraye a subi une grosse perte à la Bourse, expliqua Yvonne. Son fils voudrait pouvoir consoler ses parents bien atteints...

— Oui, fit plus bas Albert, j'ai peur que père ne résiste pas à ce coup, il était effondré... Ah ! docteur, que pourrais-je faire pour leur donner de l'argent ! Un jour, j'ai lu dans un journal un feuilleton où une femme donnait son sang pour faire revivre un vieillard et on lui payait ça tellement cher ! Moi, je donnerais bien le sang de mes veines pour de l'or et sauver papa.

Yvonne et Sandro se regardèrent. La première se pencha vers le jeune front et y mit un baiser. Sandro s'arrêta :

— Retournons, dit-il, je n'irai pas au bourg de Batz. Je rentre avec vous, Albert, je veux voir vos parents.

XVII

L'Elève des Mages

Une idée venait de jaillir en l'esprit du médecin.

Albert lui était apparu merveilleusement doué pour l'application des études encore occultes, mais que révélerait l'avenir. Ses amis les mages lui demandaient de leur envoyer un jeune adepte qu'ils formeraient. Ils voulaient un Français, ayant déjà réuni un groupe d'enfants, dont « un », de chaque nation existante sur la terre.

Ils avaient une école internationale et magique à l'île de la Stella-Negra, celle où lui-même avait été élevé, les pensionnaires la quittaient à trente ans et se lançaient par le monde en mission dictée par le chef suprême.

Or, Sandro avait remarqué au bourg de Batz un jeune pêcheur dont l'intelligence lui avait plu et il avait songé à prendre cet enfant, à se l'attacher et à donner en retour une somme importante à ses parents. Mais, avec la théorie que venait d'énoncer Albert, le docteur, illuminé d'une idée nouvelle se dit : « Le petit Breton doit rester pêcheur et l'adepte des mages sera Albert ».

Ils marchaient tous les trois en silence ; le soleil, à présent très oblique, n'envoyait presque plus de chaleur, la brise venait du large avec la marée et ils éprouvèrent un grand bien-être à rentrer dans le hall de l'hôtel doucement chauffé.

— Allez prier vos parents de me recevoir, mon enfant, dit le docteur, ils ont sûrement besoin de leur médecin.

Albert courut et Sandro se retourna vers Yvonne :

— Que pensez-vous de ce garçon, madame ?

— Rien que du bien. Cœur délicat, intelligence d'élite.

— Oui, n'est-ce pas ? Alors je vais essayer de sauver, « par lui », les siens.

— Vous le comblerez de joie. Il a le culte du dévouement.

— Docteur, voulez-vous monter, dit Raymond qui, en trois bonds, avait franchi l'escalier.

— Oui, mon ami, je vous accompagne. Madame, continua-t-il, attendez-moi, nous rentrerons ensemble à Pornichet.

Yvonne acquiesça. Elle s'installa près du poêle et regarda à travers les vitres du hall l'eau tranquille dont le bleu pâlissait, tandis qu'une dernière gerbe de lumière venant du couchant, incendiait la crête de Pinchâteau.

Elle attendit longtemps, le rayon s'enfuit, la mer devint grise, la pleine lune ronde et rouge, énorme, monta du fond de l'horizon, mais Yvonne ne songeait pas à l'heure tardive, elle rêvait de tant de choses !

Cet homme étrange, ce docteur doué de telles forces, de telles puissances, pourquoi avait-il croisé sa vie ? Pourquoi donc était-elle venue échouer sur cette côte ? C'était le destin et elle en était le jouet.

...Son cœur avait de grands battements et il ne lui venait pas à l'idée de partir. Le magicien lui avait dit d'attendre, elle obéissait sans même en chercher la cause, comme si jamais un autre guide n'avait dû la conduire.

Elle tressaillit vivement quand elle se vit, soudain, entourée par la famille de Loustraye et qu'en même temps la pièce s'éclaira des lampes électriques.

— Pardon, disait le docteur, comme j'ai été égoïste de vous prier de m'attendre ; là-haut, en causant, nous avons oublié l'heure.

— C'était tellement grave, ajouta le père.

Mme de Loustraye, la voix coupée de larmes, balbutiait en serrant les deux mains d'Yvonne :

— Vous savez ce qu' « il » nous offre...

— Mais je n'en ai nulle idée...

— Prendre Albert, lui enseigner sa science...

— Alors, chère madame, c'est tout à fait heureux.

— Oui, d'une part ; seulement, il veut nous le prendre pour quinze ans ! Sans aucun revoir.

La mère sanglotait, hachant ses mots. Mais le fils transfiguré de joie, achevait : Je deviendrai un grand savant, un homme utile et... dès le jour de mon départ, je gagnerai cent mille francs !

Yvonne, stupéfaite, regardait Sandro songeant qu'il trouvait le moyen d'aider ses amis.

Le docteur reprit avec un grand sérieux :

— Oui, je prive Albert de sa liberté, je l'arrache à sa famille et j'offre l'indemnité de cent mille francs !

— Et j'accepte, s'écria l'enfant, j'accepte ! Avec le docteur, on ne pas être malheureux, ni déloyal. Ah ! certes, quinze ans de ma vie ne valent pas une telle somme.

— Il nous sauve, fit le père déjà tout ragaillardi, en caressant la tête de son fils.

— Quel étrange famille, pensait Yvonne et quel étrange médecin !

— Maintenant, ajouta Sandro, comme il ne faut pas réfléchir quand un parti est pris, j'emmène Albert sur l'heure. Il pourra vous écrire, mais la première condition de notre pacte étant le secret absolu, il ne vous reverra que dans quinze années.

La mère avait pris son aîné dans ses bras. Le père souriait, splendide égoïste, qui s'ignorait. Les enfants, réunis en groupe serré, regardaient leur frère avec un profond respect. Il allait partir pour l'inconnu ! On allait lui donner des tas de louis d'or !

Le docteur jugea bon d'écourter la scène :

— Demain matin, expliqua-t-il, je vous ferai porter les cent billets de mille francs.

— Mais sa malle, son trousseau ! objecta Mme de Loustraye.

— Il ne lui faut rien. Je pourvoirai à tout.

— Où va-t-il, docteur ? par pitié, dites-le nous ? supplia Raymond.

— Je ne puis le dire. Mon enfant, vous ne doutez pas de moi, j'espère. Si je vous ai fait cette offre inouïe, c'est que je vous ai vu en disposition morale de l'accepter. Partons, je vous en prie, voyez comme déjà la nuit est profonde.

— Vous voulez voyager dès ce soir ?

— Oui, soyez sans inquiétude, le voyage n'offre aucun danger, il est même très agréable. Notre jeune marin l'aimera.

Ce disant, il prenait le bras de l'enfant, l'entraînait et le petit souriait aux siens en fuyant.

Yvonne aperçut encore, à travers les vitres de la porte refermée, la famille de Loustraye qui les suivait des yeux. Le père, avec une figure affable et réjouie, la mère en larmes, les petits inquiets. Et elle pensa :

— Comment cet imprévoyant père si aisé à réconforter, a-t-il pu donner le jour à un être d'élection comme cet enfant...

— Nous allons à pied, dit le docteur, je vous conduis, il fait très sombre, suivez-moi, nous allons à travers la dune. Dans les passages difficiles, j'allumerai mon briquet.

— Nous n'allons donc pas chez vous, docteur ?

— Si, chez moi, mais pas à ma villa de Pornichet.

— Je vais vous quitter, objecta Yvonne, et rentrer à Ker-Loïc.

— Non, vous venez avec nous, rétorqua Sandro, autoritaire, nul ne vous attend à Ker-Loïc et puisque vous savez mes secrets...

— Oh ! oui, venez, supplia l'enfant.

Alors elle obéit. En effet, nul ne comptait sur elle.. nul sauf « lui », peut-être, ce magicien qui peu à peu lui prenait le cœur et la vie.

XVIII

Première Initiation.

Ils montaient dans les sapins, butant le long des racines et Albert riait :

— Votre maison de campagne, docteur, c'est un nid de pie ou de mouettes, elle a pour murs des sapins et pour toit des nuages, ses flambeaux sont les étoiles. Alors, nous allons loin ainsi ?

— Nous arrivons. Et quand vous aurez vu ma « maison de campagne » et le souper dressé pour vous, chers amis, vous ne regretterez plus la fatigue du chemin.

— Ah ! j'y suis, fit Yvonne, nous allons à la vieille église ! Albert, vous allez voir la merveille des merveilles.

L'enfant rit à plein cœur et, prenant le bras d'Yvonne :

— La merveille, c'est « nous », pèlerins dans ce bois noir et qui rêvons de clarté, la merveille, c'est ma foi et mon espérance...

— Comme c'est vrai, acquiesça la jeune femme.

— Attention, interrompit Sandro. Jasez mais suivez Cerbère et marchez comme lui... sous les halliers.

— Comme lui, c'est-à-dire à quatre pattes, riposta le garçon en se jetant sur la mousse tandis qu'Yvonne, avertie, se glissait entre les branches piquantes des sapins et reconnaissait la roche moussue qu'une lueur mince du briquet lui montrait.

Sandro posa une main contre tronc rugueux d'un arbre et l'autre main sur l'arrête vive du rocher, puis, s'arc-boutant, il donna une rude poussée, un craquement s'entendit et la pierre glissa d'un demi-mètre environ, pour découvrir l'étroite entrée de l'escalier mystérieux.

Cerbère, en connaisseur, s'était précipité le premier, Yvonne le suivit. Sandro prit Albert par l'épaule, et, très grave :

— Descendez, Albert, votre initiation commence. Vous allez vers l'avenir, vers le mieux ; novice aujourd'hui, demain vous serez maître ! Soyez fidèle, soyez fervent, ne craignez jamais, Dieu vous conduit.

Stupéfait, mais ému de cette parole sérieuse, l'enfant suivit son amie dont la présence le rassurait. Ce fut la longue descente silencieuse à travers la vis étroite du clocher. Ils passèrent près de la cloche muette, peu à peu, les lueurs d'en bas éclairèrent, d'abord faiblement et bientôt à giorno, les marches en spirale.

Les yeux dilatés d'étonnement, Albert sauta les derniers degrés et tomba à genoux sur la mousse parce que ses jambes tremblaient.

Le docteur lui tendit la main, le remit debout et l'attirant dans ses bras, le pressa tendrement contre lui.

— Mon cher petit, mon enfant d'élection, sois le bienvenu en ce domaine magique dont ton courage et ton cœur t'ouvrent les portes. Tu vas commencer un apostolat, la voie sera ardue, mais splendide, digne de l'élu que tu es !

Albert passa ses bras autour du cou du docteur :

— Je serai heureux d'être ce que vous êtes, et de rendre un jour à d'autres, si je le puis, le bien que vous nous avez fait.

Yvonne, les voyants s'attendrir, s'écria gaiement :

— Albert, devinez où nous sommes ? Cet antre du « sorcier », ce temple de magie, qu'est-ce ?

L'enfant promenait autour de lui des regards surpris, il voyait les voûtes d'où pendaient des arbres en sens inverse de l'aspect ordinaire puisque leurs racines s'étendaient dans la terre d'en haut et que leur végétation avait été attirée par la lumière d'en bas. Sur ces lustres spéciaux, des oiseaux se perchaient.

Il examinait le chœur où des lianes allant d'une tribune à l'autre, enguirlandant les orgues, semblaient un décor de mois de Marie.

rent au corps la souplesse, l'endurance et dont l'action, jointe à la manière de se nourrir, détruit tous les germes de maladie et accorde la santé pour toute l'existence. On y apprend à projeter la volonté, à communiquer entre soi sans le secours du geste et de la parole, par la seule action mentale.

Les matelots ! riposta Yvonne amusée,
bien sûr que je les estime (page 58).

— Ah ! je me souviens, de la télépathie.
— Vous en verrez tout à l'heure l'exemple, j'ai envoyé un avis au chef de notre marine pour qu'il vous envoie prendre, mon cher enfant.
Albert soupira :
— Je partirai sans vous.

— Il le faut, mon brave petit, mais dans peu, vous pourrez communiquer avec moi d'aussi loin que vous voudrez, quand vous saurez...

— Et je vais bientôt partir ?

— Le bateau est en route.

— Mais je ne peux pas m'embarquer d'ici.

— Non. Dans un moment, nous nous mettrons en marche, il faut attendre la marée basse, car nous avons à parcourir un souterrain qui est noyé à marée haute et dont le reflux nous permet l'accès.

— Et je voyagerai longtemps ?

— Toute la nuit.

Plusieurs heures s'écoulèrent très rapidement en promenade et en causerie ; entre les trois amis, une parfaite entente régnait.

Le docteur, soudain, regarda la grande horloge placée au fond de l'église et qu'encadraient des « belles de jour ».

— La marée est au point le plus bas, il est dix heures, il faut partir.

— Moi aussi ? demanda Yvonne, j'espère que vous me rapatrierez.

— Venez toujours.

— Heureusement, j'ai l'âme aventureuse, éprise d'imprévu, répondit-elle en cueillant une superbe violette de parme grosse comme une rose, qu'elle mit à son corsage.

Albert, toujours vêtu de son maillot de grosse laine, de son béret blanc, mollets nus, n'avait pas un costume bien chaud pour voyager pendant une nuit de décembre dans un canot en pleine mer. Yvonne le remarqua.

— Soyez sans crainte, riposta le docteur, notre jeune voyageur n'aura pas froid. Veuillez me suivre.

Il ouvrit la porte du côté du transept droit, tourna un commutateur électrique et une longue allée voûtée s'illumina. A droite et à gauche, le roc abrupt, sur le sol du sable humide, en haut des algues vertes lisses couchées par le courant.

— Ce long boyau, expliqua Sandro, s'emplit à chaque marée, il se ramifie au système de cavernes sous-marines partant de la grande côte et aboutissant à Saint-Mars. Nous avons environ un demi-kilomètre à parcourir, nous sommes sous le Bois d'amour, bientôt nous serons sous la plage.

— Et si la mer monte... nous risquons la noyade, remarqua Yvonne frissonnante. Ce long boyau n'a rien de rassurant.

— N'ayez donc jamais peur... les heures de marée sont immuables, ce n'est pas les hommes qui les ont réglées.

Les lampes incandescentes plantées de loin en loin faisaient étinceler des plaques de mica, quelques crabes jaunes s'en allaient de côté, à travers les interstices des roches où poussaient des anémones de mer. Quand les trois compagnons furent au bout du souterrain, ils aperçurent une falaise de granit qui barait le passage. A cette falaise à pic, des entailles marquaient une échelle verticale.

— Montons, dit le docteur, madame, vous avez une habitude consommée des sports, cette ascension ne saurait vous effrayer.

— Nullement ; quel singulier voyage nous faisons. Où pouvons-nous donc bien être ?

Sandro sourit :

— Ayez confiance...

Ils escaladèrent une trentaine d'échelons, au-dessus du dernier se trouvait un anneau que tira le guide, la pierre tourna doucement, sans bruit et malgré son énormité, un parfait équilibre rendait le mouvement facile. En dessus d'eux, maintenant, miroitaient les étoiles. Ils étaient à la pointe avancée de la grande côte. Devant eux brillait une lueur singulière très blanche, et comme bordée d'azur. Au milieu de ce halo, un bateau se balançait au gré des lames.

— Voici l' « Argo », fit le docteur, et voici la « plate » qui va nous y conduire.

Une barquette sans quille était amarrée entre deux roches. Ils y montèrent et en quelques coups d'avirons, ils joignirent l'esquif lumineux.

Un homme seul, vêtu de blanc, se tenait à la coupée d'où pendait une légère échelle de bambou que Sandro appuya dans sa « plate ».

— Montez, dit-il à Yvonne qui obéit sans songer à se demander pourquoi...

Albert la suivit, puis le docteur qui garda une amarre en main. Il dit :

— Clément ! salut à toi, frère ; regarde l'enfant que je te donne, il est digne de nous et nous digne de lui, c'est un vaillant !

Le mage tendit les bras et retint contre son cœur une minute le jeune néophyte :

— Dieu t'aime mon fils, puisqu'Il te permet d'être nôtre.

Sandro continuait :

— J'ai pris avec nous une amie, Clément, c'est pour qu'elle dise à la mère du petit ce qu'elle aura vu, afin de mettre du baume dans son cœur.

L'homme blanc eut un bon sourire qui éclaira son visage calme et doux. Il tendit la main :

— Regardez. L' « Argo » est une coque de noix et pourtant elle ne redoute aucune tempête, voyez comme la manœuvre en est facile, tous ses commandements sont électriques. Je suffis au gouvernail. Nous n'avons ni cheminée, ni mâts, ni pont. Rien ne saurait être plus simple. Venez maintenant sous la tente d'arrière.

Albert, nerveusement, serrait le bras d'Yvonne, il sentait qu'elle seule le rattachait à la vie habituelle, il se voyait plongeant dans l'inconnu, emporté vers l'inaccessible aux autres... Le bâtiment entièrement blanc, avec son pilote blanc, baigné d'une lumière azurée avait un aspect féerique, Albert croyait vivre un des contes de son enfance. Il souleva le voile souple à l'entrée de la chambre d'arrière. Sur le sol, un tapis blanc, suspendu à des chaînes d'argent un hamac finement tressé, recouvert d'une mante blanche, un lavabo, un divan, une jardinière de fleurs, une table pliante, toujours de couleur immaculée.

Mais ce qui arrêta l'attention des deux visiteurs, ce fut un bloc en forme de rocher, enfermé dans une cage en filigrane et d'où émanait l'extraordinaire lumière et la douce chaleur de l'ambiance. Sandro le désigna du geste :

— Un fragment de radium, dit-il. Toute l'île de « Stella-Negra » est éclairée et chauffée ainsi. Vous n'aurez pas froid, Albert, l'extension calorique de ce bloc a plus d'étendue que le bateau.

« Mon cher enfant, nous allons vous dire au revoir, ne redoutez rien, ne laissez pas votre cœur faillir en songeant à ceux qui restent. Vous serez leur gloire et leur salut.

Et comme Albert se jetait au cou du docteur, celui-ci l'embrassa tendrement :

— J'irai te voir dans un an, mon brave ami. Bientôt tu pourras communiquer avec moi.

« Nous ne devons pas rester ici davantage, car vous n'auriez plus le temps d'arriver avant le jour. Adieu !

Yvonne ne pouvait retenir des larmes d'émotion, elle étreignit l'enfant, regarda avec confiance la loyale figure du compagnon auquel on le confiait, et, sur un avis pressant du docteur, elle redescendit dans la barque où tout de suite il vint la rejoindre.

L'instant d'après, comme un oiseau s'envole à tire d'aile, l' « Argo » glissait sur les vagues avec une rapidité inouïe. Le point blanc s'enfonça dans l'horizon et bientôt ne sembla plus qu'un reflet d'étoile.

XIX

Les remords d'Yvonne

— Où donc allons-nous, docteur ?

— A la pointe du vieux Pornichet, je trouve plus simple de suivre la corde de l'arce que d'en faire le tour.

Sandro ramait paisiblement sur une mer sans vague, par une nuit exquise à peine froide, la gelée rare, cette année, faisant trêve pour clore le millésime 1912.

Le silence entre les nocturnes promeneurs était absolu. Chacun pensait... Yvonne ressentait un trouble d'âme très nuancé de remords. Cette année tragique allait mourir dans quelques heures, d'étranges fatalités, d'étranges consolation l'avaient absorbée. Depuis quelques jours, elle vibrait trop sous l'empire de cet incroyable sentiment envahisseur, insidieux qui l'inquiétait en douloureuse joie... Sa conscience mécontente lui souffla une dureté :

— Docteur, une fois à terre, je vous demanderai de m'abandonner...

— Pourquoi ? Ai-je démérité par trop de confiance envers vous ?

— ...j'oublie trop le passé, j'agis très mal, je me laisse aller jusqu'à être parfois gaie... je ne mène pas la vie qu'il faudrait, je veux me reprendre et ne... plus vous voir.

Sandro, incliné sur ses avirons, la regarda stupéfait. Un rayon de lune la baignait toute, la faisant si pâle, si idéale que lui-même s'émut.

— Je crains, madame, que vous ne compreniez pas le sens de l'amitié. Vous cherchez le mauvais désir, vous manquez de simplicité, riposta-t-il avec plus de franchise que de réflexion.

Yvonne se redressa :

— Ne dites pas de choses odieuses au moment où je ne puis ni vous chasser, ni m'en aller.

— Le fait est... constata-t-il en souriant, qu'à moins de marcher sur les eaux comme Saint-Pierre...

— Le sorcier que vous êtes le pourrait !

— Sûrement, si j'avais assez de foi !

— Je ne vous demande pas une telle expérience, ce que je veux c'est réorganiser mes jours d'un manière normale, vous déséquilibrez mes nerfs et je me demande où vous me menez...

— A terre, madame. Nous allons aborder ou plutôt nous échouer sur le sable avec cette « plate » sans quille, ensuite nous rentrerons chacun chez nous. Je vous prie seulement de me permettre de vous reconduire à Ker-Loïc parce qu'à l'heure où nous sommes, il n'est pas sans danger pour une femme seule de circuler.

— Je vous défends de m'accompagner. Vous m'imposez des choses qui me déplaisent... je ne suis plus moi, je me détraque et c'est vous qui en êtes cause.

— Madame, laissez-moi vous répondre sincèrement. J'ai agi en ami, en très respectueux ami. Depuis le peu de semaines que vous vivez avec les braves gens du peuple, vous n'avez pas encore eu le temps de désapprendre l'ingratitude, apanage bien connu du milieu où vous entraîna votre mariage.

— Oh ! fit Yvonne choquée, est-il bien délicat de parler d'ingratitude, d'accuser qui l'on ignore ?

— Je n'accuse perosnne, j'ignore moins que vous ne le croyez la société des Cours ; l'humble docteur des pauvres bretons a été apprendre la philosophie auprès d'un des plus puissants trônes de d'Europe, mais l'heure n'est pas aux récits d'odyssée. Je ferai ce que vous voulez, madame ; quand vous toucherez terre, je m'éloignerai.

Yvonne sentit des larmes monter de son cœur, mais elle sut se taire, lutter bravement pour retrouver la paix de sa conscience, le devoir qu'elle croyait attaché au passé.

La traversée est assez longue entre les deux pointes qui forment la baie sans autre moteur que deux rames maniées par deux bras d'homme.

De la côte, il venait des chants, la soirée du dernier jour de décembre était joyeusement fêtée, marins et habitants des plages réveillonnaient bruyamment par cette nuit claire et douce comme une nuit d'été.

Quand les passagers débarquèrent silencieusement au vieux Pornichet, une bande de jeunes gens passaient sur la route, chantant à pleine voix, la cadence de leur pas, la ritournelle de l'année :

> V'là 1912 qui passe
> 1912 est passé
> V'là le vieux temps qui se casse
> Et 1913 est né.

Et ils se mettaient à danser au son de leur biniou en l'accompagnant de gais refrains :

> Encore une bouteille les gars,
> Encore une bouteille.
> La dernière est pour la vieille,
> Vive la jeune, les gars,
> Vive la nouvelle année,
> Encore une bolée, etc...

Très doucement, la barque s'immobilisa dans le sable au bas des rochers au petit port ; Sandro sauta à terre, tendit la main à Yvonne et, sans un mot, s'inclinant devant elle, s'effaça pour la laisser paser.

Elle remonta la plage courte à cette place sans se retourner, incapable de parler, ne sachant comment agir, mécontente d'elle de toutes les manières, le cœur en désarroi, frissonnante. Elle s'en alla sur la route où nul à présent ne se montrait, la troupe joyeuse enfuie, les voix se perdant au loin... Comme une âme en peine, la solitaire marcha vers le cimetière clos à ce moment. Elle appuya son front contre la grille et fixa les tombes... baignées des rayons de lune.

Seule ! les larmes ne coulaient pas, c'était comme un vide en elle-même. Rien. A quoi sa vie allait-elle servir ? A qui serait-elle utile ? Travailler pour accomplir une tâche, gagner du pain... à quoi bon ? Aller « le » retrouver là, sous cette pierre et dormir, ne plus penser, ni agir, devenir inerte, son départ ne laisserait pas davantage de trace que le vol d'un oiseau dans l'air. Elle n'avait de place nulle part. Elle ne mettrait pas un seul être vivant en deuil quand elle quitterait la terre.

Les cousins éloignés qui lui restaient de part le monde ne songeaient plus à elle depuis longtemps, quelques vieilles amies de sa mère habitaient encore à Paris, mais quel plaisir auraient-elles à la revoir, la visite d'une veuve sans ressource qui vient rappeler son existence n'offre aucun charme.

Refaire sa vie, écouter l'homme qui l'enveloppait d'une protection, se laisser guider par lui, essayer encore de connaître un peu de bonheur, était-ce loyal ? N'était-ce pas plutôt une trahison vis-à-vis du mari aimé, disparu comme un héros depuis si peu de jours. Près de ce magicien, une frayeur la gagnait, elle si brave ! avec lui, elle ne comprenait plus la vie. La logique des choses semblait bouleversée, il jouait avec les mystères. Et pourtant, quelle puissante attraction la conduisait à lui. Génie grave et doux qui savait ce que tous les humains ignorent, il dominait le monde par sa science, il pouvait à demi conduire la destinée. Et ce grand savant, ce presque sur-homme paraissait l'aimer, n'était-ce donc pas une gloire, une affirmation de son mérite personnel ?

Les tombes projetaient des ombres sur le sol de sable blanc, les cyprès qu'une brise légère balançait, agitaient la nuit autour des mausolées. Et Yvonne se rappelait les étranges cimetières d'Orient où les tombes ont des formes de statues, où les parents viennent manger, rire et boire avec le morts... et où les cyprès immenses atteignent des hauteurs de minarets.

Là, sur la terre soulevée par le corps de Sacha, il n'y avait qu'une modeste croix de bois, des buis et des statices maritimes plantés par elle...

Les mains d'Yvonne, crispées sur les barreaux de la grille se détachèrent, elle se redressa. Il fallait partir, voilà qu'au vieux clocher tout proche, le dernier son de l'an 1913 vibrait dans le passé.

A pas lents, elle s'en alla.

Si Yvonne s'était retournée, elle aurait vu avec surprise qu'une autre ombre se mêlait à la sienne ; si elle avait écouté, elle aurait rien perçu, car, après l'avoir quittée, son compagnon avait déroulé la longue, souple et fine bande d'étoffe « ultra-violette » qui lui servait de ceinture, il s'en était enveloppé hermétiquement et avait suivi, veillant et protecteur, la jeune abandonnée.

<h2 style="text-align:center">XX</h2>

<h3 style="text-align:center">Le protecteur invisible</h3>

Ainsi qu'une automate, Yvonne longeait la grande route. Renfermée en elle-même, elle traversa la large plage qui sépare le vieux du nouveau Pornichet Les villas des avenues, presque toutes fermées, étaient muettes. mais vers la gare, les cafés brillaient en joyeuses clartés, musique, chants, rires en venaient. Une troupe de matelots de Saint-Nazaire était justement venue de faire la fête et ils dansaient à travers le chemin... très gais.

Le passage de cette femme seule toute noire les étonna, ils s'arrêtèrent et l'un d'eux s'écria en riant :

> V'là 1912 qui fuit
> Cette nuit
> Dansons, ma vieille, dansons
> Avec nous tu vas faire en rond !
> Et nous t'embrasserons !

Et, se tenant par les mains, les jeunes gens entourèrent l'infortunée passante et se mirent à danser à l'entour.

Eperdue, Yvonne voulut disjoindre la chaîne qui l'encerclait. Seulement, les matelots, passablement ivres, voulaient à toute force l'embrasser.

Mais son angoisse ne fut pas longue, soudain les deux plus audacieux danseurs roulèrent sur le sol, lancés par une force invisible et la ronde dissoute se dispersa.

La jeune femme en profita vite pour s'échapper en courant tandis que, stupéfaits, effrayés, les marins se relevaient en se signant, pendant qu'une voix forte et inconnue, venant on ne sait d'où, disait sur le ton de leur chanson :

> 1912 s'en est allé
> Paix, matelots, le vieux temps se casse ;
> 1913 a commencé,
> Dormez, matelots, car l'heure, vite passe.

Aussitôt, ils rentrèrent tous dans le cabaret, silencieux, convaincus d'avoir entendu ange, génie, fée ou démon.

Sans se préoccuper du sauveur venu à propos, Yvonne courait à perdre haleine... peut-être épouvantée par sa propre pensée autant que par les ivrognes.

Elle ne s'arrêta qu'au bout de souffle, la nuit était refermée derrière elle ; devant, à une très faible distance, elle apercevait Kerloïc à sa grande surprise très brillamment illuminé. Il lui semblait voir des lanternes vénitiennes, s'agiter au bout de longues perches et quand elle fut tout près, elle reconnut la mère Lahoul assise sur la plus haute marche du perron, tandis que Loïc, en compagnie de quelques matelots, s'agitait en une sorte de pas exotiques avec des rires et des contorsions qui amusaient le quartier à peu près réuni au complet devant le chalet.

C'était décidément une nuit de fête.

Yvonne, contrariée, devait pourtant rentrer, elle n'avait pas prévu le retour de ses amis à pareille heure, il lui fallait monter le perron sous le feu ds lumières.

— Ah ! s'écria la mère Lahoul à sa vue, si j'aurais cru que tu te baladais à cette heure pour souhaiter la bonne année à la lune. Je te croyais à dormir là-haut, ma fille.

— Je n'aurais pas dormi bien calme, riposta Yvonne sèchement.

— Pour sûr, fit Loïc en cessant son jeu et en venant franchement vers la jeune femme : « Bonne année, madame Yvonne ! »

Il tendait sa main grande ouverte et la mère Lahoul, s'étant levée disait :

— C'est juste : bonne année ! Mais d'où que tu sors ?

— Du cimetière, répondit Yvonne en embrassant la vieille sans pouvoir contenir un sanglot.

Nichette l'étreignit contre elle, toute émue.

— Pauvre chéri, rentrons tout de suite ; bonsoir, matelots ; viens, Loïc. Il est temps de retourner chacun chez soi.

Mais elle se tut devant la singulière attitude de son fils, il s'avançait à l'entrée du jardin, s'écriant :

— Tous mes vœux, docteur, entrez donc.

Et le gars secouait cordialement de ses deux mains une main invisible appartenant à un corps invisible, il continuait : Je suis content de vous rencontrer jusque à l'heure des souhaits, monsieur Sandro.

Aucune réponse ne venait, mais Loïc sembla entraîné dans un coin d'ombre et reparut presque aussitôt, suivi cette fois du médecin que tous voyaient maintenant en chair et en os.

Yvonne, en apercevant le docteur, couvrit son visage de ses mains et plongeant brusquement dans l'intérieur du chalet disparut vers sa chambre qu'elle ferma au verrou.

Alors, elle se laissa tomber sur un fauteuil et essayer de calmer les battements de son cœur.

Ainsi, se dit-elle, il m'a suivie, il m'a trompée, il s'est attaché à mes pas grâce à son extravagant pouvoir de disparaître. Je ne puis plus savoir quand je suis seule... et pourtant il m'a rendu service tout à l'heure quand les matelots, ivres, m'ont entourée. Il m'a défendue pour assurer ma retraite... et, à l'instant encore, il marchait dans mon ombre, nul ne le voyait... mais pourtant Loïc l'a vu puisqu'il est allé à lui ! alors que tous les autres ne le devinaient pas. Comment Loïc a-t-il pu le voir enveloppé dans son infernale étoffe ?... Ah ! j'y suis, l'œil de chien ! c'est l'œil de chien de Loïc qui l'a vu. Les animaux, ainsi que le dit le savant, n'ont pas le même angle de vision que les hommes. Quel pouvoir ! Il a raison, en vérité, d'affirmer l'humanité non mûre pour la possession de telles merveilles ; savoir se rendre invisible ! pouvoir greffer sur l'homme un œil apte à voir les choses du plan caché à nos yeux jusqu'à ce jour ! Quelle révolution dans la vie, dans la société, dans la mentalité, ce serait le bouleversement de l'activité, de la science, de la conception du travail. Ce serait peut-être le chemin de la folie..

Je sens ma pauvre cervelle incapable d'admettre de pareilles organisation. je veux fuir. Je quitterai sans prévenir personne ce pays, pourtant hospitalier et bon, où j'ai trouvé asile et repos...

Elle essaya de s'endormir, mais en vain ; peu à peu les bruits du dehors s'éteignirent et elle n'entendit plus que les vagues venant mourir doucement sur la grève.

L'amour passe partout

j'en suis tout à fait heureuse, votre chère maman n'a plus sa figure d'inquiétude.

— Bon, alors, madame Yvonne, puisque c'est ainsi, fit Loïc avec un franc sourire, maman va vous causer un brin pendant que moi,

Yvonne eut un pâle sourire (page 56).

je vas aller jusqu'à la gare chercher les nouvelles du jour à la marchande de journaux.

Il partit de son pas balancé, le béret sur l'oreille, les mains dans ses poches en sifflant un air de biniou.

Les deux femmes le suivirent des yeux, souriantes toutes les deux.

il émanait de lui une sympathie, de loyauté, de bonté, de santé.

La mère vint s'asseoir tout près de la jeune femme :

— Pas vrai qu'il est beau, mon gars !

— Oui, beau et bon, mère Lahoul, votre fils vous fait honneur.

La vieille femme passa son bras autour du cou de son amie et, l'attirant, l'embrassa :

— Tu l'aimes, ma fille, mon Loïc.

— Oh ! oui, bien sincèrement. Tout le monde l'estime.

— Bon. Nous v'là d'accord. Lui, je vas te dire, il a une bonne position. Il est donc propriétaire de ce chalet qui vaut 25.000 francs. En plus, il vient de m'apporter une belle paye de son dernier embarquement, parce que vois-tu, en dehors des appointements fixes, il a de bons pourboires des passagers. Alors, on va acheter avec cette somme une barque pontée pour le cousin Kéru, il ira au large pêcher le thon et nous paiera en parts de pêche. N'est-ce pas que Loïc a un bel avenir ?

— Certainement, il deviendra riche, sage comme il l'est.

— Tu penses qu'il manque pas de filles qui le guignent, la petite au père Ybor de la Turballe, le fabricant de Rogue pour la sardine, elle n'a d'yeux que pour lui et elle a du bien, dame ! une maison à Piriac et un chaland à Nantes.

— Alors, ils devraient se marier.

— Bernic !... lui, le gars, il a autre chose en tête. Il n'est pas pour l'argent, il est pour le cœur. Toi, t'as rien, c'est sûr, t'es comme qui dirait déjetée, sans argent, sans état, t'es venue te réfugier auprès de moi comme une hirondelle blessée, mais on t'a aimée tout de suite, moi spontanément, je t'ai appelé ma fille...

Yvonne, ahurie, commençait à comprendre et une poignante angoisse toraait son cœur. Etait-ce assez vrai les duretés que, si involontairement, lui débitait la brave femme : « Tu es déchetée, sans argent, sans état... » et alors, dans sa pitié tendre, la croyant son égale et plus malheureuse qu'elle, la mère du matelot sans calcul, voulait l'admettre dans sa famille avec la générosité confiante d'une belle âme populaire.

Yvonne avait caché son visage brûlant dans ses mains, la Bretonne continuait satisfaite :

— Loïc demandera un petit congé pas long, y repartira encore : puis, quand t'auras fini les dix mois que faut pour la loi, on fera la noce ! Et de cette fois, ma pauvre petite, tu seras heureuse et tranquille entre la vieille Nichette qui t'aime et son gars qui t'adore !

Yvonne releva la tête et, regardant bien nettement la vieille, dit :

— Il n'y a pas sur terre d'êtres meilleurs que vous deux, mère et fils ; ce ne saurais estimer davantage personne que vous, dont la noblesse de sentiments dépasse tout calcul ; toujours je vous aimerai... Mais je ne veux pas me remarier.

— Mais tu perds la boule ; à ton âge ! on ne peut pas rester la vie entière à gémir. Et puis, tu es incapable de gagner ton pain toute seule, tu ne sais pas de métier. Ecoute, ma fille, ma proposition t'a surprise à ce que je crois, t'as encore le cœur mordu de ta peine trop récente, tu vas réfléchir et au retour de Loïc, quand il aura encore fait une tournée à la Havane, tu répondras comme il espère.

Dis rien, pleure plus, y te causera pas aujourd'hui de votre avenir, mais pour sûr que jamais tu trouveras mieux pour le mariage.

— Franchement, je le crois, fit Yvonne sincère, mais ne gardez pas d'illusion, mère Lahoul, conseillez Loïc qu'il ne perde pas son temps sur un rêve irréalisable, qu'il épouse la fille qui l'aime, qu'il renonce à un désir passager, moi, je vous quitterai ces jours, mais pour ne vous oublier jamais, et vous aimer comme vous le méritez, du plus profond de mon cœur si reconnaissant envers vous.

Ce disant, Yvonne se leva et, très lentement, l'âme déroutée, sortit pendant que Nichette, attirant un panier rempli de moules pour les éplucher, murmurait :

ÉVASION

...on alla sur la plage au devant du flot. Elle était brisée, belle énergie vraiment l'abandonnait. A présent, elle devenait... mais où aller ?

Mon Dieu, quelle étrange et douloureuse situation... deux hommes à l'opposé du plan social... [illegible] pensée, elle tressaillit. Était-elle bien seule sur cette [illegible] le sorcier n'était-il pas là tout près ? [illegible] alentour, et comme un superbe soleil brillait, et [illegible] loin que portait sa vue, elle n'apercevait [illegible] sur le sable. Elle se rassura.

[illegible] Loïc ! comme sa confiance généreuse la touchait ! [illegible] inverse des calculs mondains, il la voulait parce qu'il l'aimait [illegible] simplement. Il la savait pauvre, dénuée, seule, incapable de ga- gner son pain, et très doublement il lui offrait de tout partager avec [illegible] Ce n'est guère que dans les échelons élevés de la culture spéciale qu'on [illegible] un tel désintéressement.

[illegible] Yvonne l'avait trouvé deux fois en existence, elle [illegible] pour elle-même ou leur donnait [illegible] l'amour vrai nivelle [illegible]

[illegible] honnête, il aimait, il était [illegible] cation première [illegible]

[illegible] du milieu où l'on est élevé, et devenir [illegible] avec des tendances vers le bien ou vers le mal, l'homme [illegible] le Créateur juge ses créatures [illegible] selon leur nature [illegible] de mauvaises natures.

[illegible] d'Europe qui épousaient des coureuses, il [illegible] couché d'aristocrates il [illegible] Loïc Minarès de son [illegible]

[illegible]

[illegible]

per d'elle-même. Elle se laissait conduire vers le haut de la plage devant l'hôtel. Les enfants avaient tracé des murs de sable humide, entre lesquels un jardin, des massifs, des sapins étaient dessinés, puis une maison avec un clocher pointu et Raymond expliquait :

— Voilà, en bas sous le perron, la remise à bicyclette. Au-dessus, la grande salle à manger, immense, voyez...

— Avec votre place marquée, fit Charlotte, câline..

— ... un salon plus petit parce qu'il a une véranda, une grande cuisine encore pour aller se chauffer les soirs... Au premier, notre chambre-dortoir, à côté celle de maman et papa, et dans l'autre aile, l'appartement des filles, on l'a fait grand tout de même parce que ça se pourrait qu'il en reviennent encore, des filles.

« En dessus, l'atelier où nous travaillerons.

— C'est parfait, mes petits architectes.

— N'est-ce pas ? A déjeuner, papa a dit : Allez sur la plage et faites-moi le plan de Ker-Albert, je le corrigerai et on commencera tout de suite à bâtir le vrai chalet.

— Où bâtirez-vous le vrai Ker-Albert ?

— Là-bas, tenez, en face, presque à la crête de Pin-Château.

— Mais c'est une récente décision ?

— De ce matin. Nous avons acheté notre terrain au propriétaire de l'hôtel, après la visite du docteur Sandro.

— Ah ! interrompit Yvonne, le docteur est venu.

— Il frappait à la porte avant huit heures, dit Brevin, j'étais allé me fourrer dans le lit de papa pendant qu'il se rasait et je le regardais se barbouiller de mousse, quand le docteur est entré.

— Il vous a raconté le départ de votre frère, chers enfants, j'y étais aussi et je vais aller dire à votre maman que rien ne l'inquiète, Albert sera heureux.

— Oui, venez voir maman, firent les garçons en reprenant Yvonne entre eux, l'enveloppant de leur naïve amitié.

En marchant, la jeune femme caressait une tête blonde, tenait une menotte rouge, répondait à tous calmée par cette belle et franche sympathie des jeunes cœurs si chauds. Brevin continuait le récit des nouvelles :

— Alors, Sandro a donné un tas de billets bleus. Père avait les yeux pleins de larme et riait tout de même, puis il a dit :

— Allons trouver maman et que les enfants viennent aussi.

Moi, j'ai couru en chemise appeler les autres, on s'est tous réunis, le docteur restait aussi et père a dit...

— Laisse-moi causer, coupa Raymond, je saurai mieux raconter que toi.

— A savoir... fit Brevin froissé.

Mais le grand ne prit pas garde à l'interruption et récita :

— Père a montré le paquet de billets et puis, tout tout ému, il a prononcé ces mots que je me rappellerai ma vie entière :

— Cet argent, mes enfants, est le prix du courage de votre frère, il nous le donne et va le gagner. Cet argent est sacré. Voici ce que j'ai pensé en faire et je vous demande votre approbation, mes chéris, parce que ce que votre intelligence ne saisira pas, votre cœur le devinera, et votre avis sera écouté de votre maman et de moi.

— Nous voulons ce que tu veux, papa ! a crié Charlotte. Maman avait Joseph sur ses genoux, il tendit les mains pour prendre les images bleues. Mais père continuait :

« Je propose d'acheter le terrain dont nous avions tous si grand désir, d'y bâtir un beau chalet qu'on nommera Ker-Albert et nous quitterons définitivement Paris pour vivre ici hiver comme été. »

Nous avons sauté de joie et bien sûr qu'on applaudissait.

— Et que disait le docteur Sandro ? demanda Yvonne.

— Lui, il approuvait. Il ajoutait encore que cet arrangement plairait à Albert, qu'il l'en avertirait.

La troupe entrait dans le hall de l'hôtel ou M. de Loustraye lisait le journal, installé dans un rocking-chair. Il se leva empressé, alla vers Yvonne, les mains tendues

— Tous mes souhaits ! J'ai su par le docteur le récit du voyage de mon fils et votre aimable attention de l'avoir accompagné. Merci, chère madame, je suis heureux de vous voir aujourd'hui. Voulez-vous monter près de ma femme, elle doit être en train d'écrire ses lettres de bonne année.

— Je la dérangerai peu, je serai quelques minutes, mais j'aimerai à la complimenter ce premier jour de l'an.

Déjà Raymond était allé prévenir sa mère, Yvonne le rejoignit là-haut. L'enfant repartit vite pour rattraper ses frères et travailler à la construction de sable.

Yvonne embrassa de bon cœur l'admirable mère qui luttait contre le chagrin avec une belle vaillance :

— Je ne pense qu'à mon aîné, fit-elle, est-il rendu au but ? navigue-t-il encore ? Dieu, quelle épreuve ! nous étions si unis, pas un vide chez nous, j'avais obtenu cette grâce rare : élever neuf enfants sans en voir partir un seul ! Avez-vous compris, chère madame, le sacrifice d'Albert ?

— Mieux que personne. Je savais sa pensée profonde. Mais je sais aussi combien il est heureux. L'enfant a l'âme très haute, il voulait être le rédempteur des siens.

— Ah ! il l'est en effet. Vous savez ce que nous faisons de sa fortune.

— Ses frères me l'ont conté. Vous avez pris le meilleur parti. Je voudrais, moi, pouvoir rester aussi, avoir mon nid sur cette côte hospitalière si amie pour l'abandonnée que je suis. Comme je vous envie d'avoir cette belle famille !

— J'en remercie le ciel d'autant plus que j'espère dans six mois voir combler le vide laissé par Albert.

— Vous comptez sur un nouvel enfant ?

— Oui, je voudrais une fille pour l'appeler Alberte.

— Vous êtes encore plus admirable que je ne croyais, riposta Yvonne absolument sincère. Moi, seule, trop libre, je viens vous dire adieu, je vais partir.

— Quel regret, j'aurais tant aimé vous voir souvent. Où allez-vous ?

— A Paris. Je ne puis rester ici davantage. Mon chemin s'hérisse tous les jours de plus de difficultés.

— Ne pourrais-je vous aider... je crois deviner.

— Ah ! quoi ?

— Sandro vous aime.

Yvonne rougit vivement :

— Vous voyez bien que je dois partir.

— Peut-être, mais pour quelque temps. C'est un homme de cœur et d'honneur, pourquoi hésiter à vous confier à lui.

— ... il me fait peur, murmura Yvonne, confuse.

Mme de Loustraye se mit à rire :

— C'est vrai, on le dit sorcier.

— L'est-il ?... parfois je me pose cette question. En tous cas, je ne dois pas écouter la moindre parole d'amour, j'ai aimé une fois, je serai fidèle.

— Ceux qui sont là-haut ne sont plus jaloux...

— Je le pense, mais j'ai ma conscience et ma dignité. Il m'est arrivé tant de choses en peu de temps que je veux fuir, me reconnaître, me retremper. J'ai le cœur troublé, l'esprit vague, je vais aller respirer un autre air... pensez à moi un peu et me donnez de vos nouvelles.

— Sûrement. Je veillerai au grain...

Encore elles s'embrassèrent et Yvonne partit du côté de la route pour ne pas retomber dans le groupe curieux de la jeunesse exubérante.

XXIII

Les plaisirs populaires

Dès la barrière du jardin, Yvonne entendait causer et rire dans le chalet. Elle en eut un choc pénible, puis elle se ressaisit : les braves gens, pensa-t-elle.

Dans la cuisine, un tablier de sa mère attaché devant lui, Loïc tournait une sauce et causait par la porte ouverte sur la salle à manger avec le groupe qui s'y trouvait réuni.

A la vue d'Yvonne, le cuisinier rougit vivement, puis la regardant bien en face avec un franc sourire :

— Voyez, madame Yvonne, je remplace maman ; on va faire un petit régal, je voudrais que ce soit si bon, si bon... pour vous.

Yvonne lui sourit avec infiniment de douceur mélancolique et passa. Nichette la harponnait aussitôt de ses longs doigts maigres :

— Enfin, te v'là, allons arrive ma fille que je te présente à mes parents. Celui-là, c'est Corenthin Kéru, le pêcheur de sardines, un rude loup de mer.

Le pêcheur tendait sa main rugueuse et changeait sa chique de joue, toute sa bonne face ridée, tanée, riait.

Nichette continuait :

— Celui-là, c'est son gars Pol-Léon qu'est pilote à Saint-Nazaire et enfin, pour le bouquet, regarde Anne-Marie, sa promise.

Les deux fiancés, blonds, rouges, radieux, robustes s'approchaient pour embrasser Yvonne, lui son béret en main, avançait de fraîches lèvres roses qu'il posa doucement sur la joue, d'Yvonne.

— C'est juste vrai, ce qu'a dit la mère Lahoul, formula doctement le pêcheur de sardines en fixant Yvonne, elle est aussi belle que la madone d'Auray.

— Et puis, elle s'appelle Yvonne comme une vraie Bretonne, conclut Nichette très fière. Allons, ma fille, amarre-toi sur cette chaise en attendant la soupe, c'est Anne-Marie qui met le couvert.

La jeune fille trottait lestement d'une pièce à l'autre, faisant des niches à Loïc dont elle dénouait le tablier d'un geste bref et sournois pour faire tomber toutes les châtaignes ramassées dedans et que le gars entamait avant de les faire griller.

D'autres fois, prenant le cornet de poivre, elle menaçait avec le contenu une casserole. Alors, à une fois, Loïc l'attrapa en riant par la taille et lui barbouilla la figure de farine, puis là-dessus il plaqua deux gros baisers, ce dont la fille se vengea en lui volant son béret qu'elle lança sur le haut du buffet.

Après, Pol-Léon s'en mêla, il mit la main devant le robinet d'eau grand ouvert et dirigea un jet sur le nez de Loïc. Celui-ci riposta d'une bourrade qui envoya le matelot s'étaler sur le canapé du salon.

— Paix, les gars, gronda Nichette, faut pas mécaniser le mobilier. On trouverait plus de locataires.

Yvonne les regardait, intéressée ; oui, c'était cela les jeux du peuple, les farces naïves, le rire si facile qu'un rien provoque, ils avaient le cœur droit, simple, à fleur de lèvres, voilà que Loïc à présent passait une grosse tranche de pain couverte d'une bonne couche de beurre à un pauvre, dont la silhouette minable se dressait contre la barrière :

— Va, mon pauvre vieux, tiens, attrape encore une bolée de cidre.

Et le malheureux filait, réconforté, criant :

— Merci, mon capitaine !

Yvonne contemplait le beau gars souple, solide, gai, si franc, si compatissant et elle se désolait de n'avoir pas une éducation comme Anne-Marie, une conception de bonheur analogue. Entre ces excellents Bretons, elle laissait se glisser devant ses yeux une autre vision. Une vision d'avant son mariage, alors qu'elle devait avoir l'âge actuel de la jeune fiancée. C'était dans une belle villa, près Paris, le jardin était rempli d'une élégante et noble société, deux buffets couverts de rafraîchissements se dressaient sous les arbres, derrière d'épais massifs, un orchestre jouait...

Sa mère se tenait debout près d'une exquise princesse qui donnait, d'un geste gracieux, sa main à baiser aux arrivants pour leur montrer sa sympathie égale, son aménité royale envers tous. On défilait devant elle, puis on allait par groupes dans les jolis coins ombragés et Yvonne se souvenait avoir entendu tant de choses...

Le beau jardin planté de grands lis, d'arbres séculaires entre lesquels on circulait sans hâte, sans éclats de rire, dans l'attitude du respect heureux...

Le repas fut d'une gaieté folle, enfantine. Après, les deux Lahoul allèrent conduire les parents qui retournaient à pied au bourg de Batz par la côte et quand elle fut seule à la maison, la jeune femme, hâtivement, emplit sa malle du peu qu'elle possédait, écrivit quelques lignes où elle mit tout son cœur, les enferma dans une enveloppe qu'elle posa bien en évidence sur la table de la cuisine, puis elle alla chercher Nestor Brissemiche qui avait une brouette et porterait son mince bagage à la gare pour le train de huit heures.

Quand tout fut prêt et qu'une dernière fois elle se retourna pour regarder la maison en fermant la barrière du jardin, elle éprouva une vive angoisse au fond de son cœur. C'était l'adieu, le départ, la fin d'une étape, encore un acte joué sur la scène humaine.

Il faisait nuit, à peine pouvait-on se conduire, l'homme marchait en avant avec son fardeau, indifférent, satisfait de ce supplément de paye après sa journée. Yvonne songeait au retour de Nichette et de Loïc, à leur déception, à leur peine, et sa pensée glissait vers la grande villa du docteur, dont elle pouvait apercevoir deux fenêtres éclairées là-bas, derrière la grille du jardin. Sandro était chez lui, il devait travailler, lui, le magicien, devinerait-il sa fuite ? Ne le verrait-elle pas surgir tout à coup à ses côtés...

Elle frissonna. Non rien. Pas un seul bruit autre que le grincement de la roue de la brouette, pas une clarté, les habitants qui s'étaient tant amusés la nuit dernière, dormaient de bonne heure ce soir. Nul ne la verrait se sauver.

A la gare, elle congédia son commissionnaire, prit un billet de seconde classe pour Paris et alla attendre sur le quai de la voie l'arrivée du train.

Seule, elle allait, une fois de plus, vers l'inconnu des lendemains.

Conclusion

L'hiver et le printemps s'écoulèrent rapides pour Yvonne, qui avait trouvé assez facilement une place de rédactrice dans un journal mondain. Les heures qu'elle appréciait le plus s'écoulaient à sa table de travail, elle adorait son métier comme tous ceux d'ailleurs qui le pratiquent.

Il lui était venu de la côte bretonne de belles lettres affectueuses envoyées par les Lahoul convaincus de leur audace, mais fidèles quand même ; de respectueux messages du docteur Sandro, affirmant l'espoir du retour, sollicitant l'honneur d'aller se présenter à elle lors de ses fréquents voyages à Paris ; des lettres aussi de Mme de Loustraye, très amicales. Le chalet Ker-Albert montait là-haut sur la dune, même ses fils aidaient à bâtir, chacun portait sa pierre, l'été on pourrait s'installer, et quelle fête on préparait pour pendre la crémaillère ! Albert avait donné de ses nouvelles, entre ses lignes on sentait le cœur si tendre de l'enfant de plus en plus affiné, en pleine ascension d'âme.

Quand vint l'automne, Jules Hallay accourut en auto du fond de sa Bretagne, il prit Yvonne dans sa voiture et d'un bel élan, sans panne, il l'emmena vers la côte souriante où tous les amis l'attendaient, où le premier qui lui tendit la main fut le docteur Sandro. Il retint un peu cette main et y plaça une fleur délicate et vivante :

— C'est la fleur d'amour, dit-il, respirez-la.

Paraîtra prochainement :

UN PEU... BEAUCOUP... PASSIONNÉMENT...

par

Claude LORRAINE

Imp. de la Bourse de Commerce (G. Bureau), 35, rue J.-J.-Rousseau, Paris.

9 782019 919429